LETTRES D'AMOUR ET DE GUERRE

AUTRES OUVRAGES DE

Doan Bui
Le Silence de mon père — L'ICONOCLASTE, 2016
La Tour — GRASSET, 2022

Pavlo Matyusha
Viechka — FONTAN KAZOK, 2018
Paris. Spleen — SMOLOSKYP, 2019
Kokliko — BOOKS XXI, 2020
Kolo z krapkoyu — FENIX, 2021
Au moment où ce livre paraît, ces titres n'ont pas encore été traduits en langue française.

La graphie des noms a été harmonisée en ukrainien.

L'Iconoclaste,
26, rue Jacob, 75006 Paris
Tél. : 01 42 17 47 80
iconoclaste@editions-iconoclaste.fr
www.editions-iconoclaste.fr

Pavlo et Viktoriya
Matyusha

avec
Doan Bui

LETTRES D'AMOUR ET DE GUERRE

L'ICONOCLASTE

Correspondances entre Viktoriya
et Pavlo Matyusha, un couple ukrainien
séparé par la guerre, auquel s'ajoute
une voix off, celle de Doan Bui,
grand reporter, prix Albert-Londres.

Ça a commencé comme ça

J'étais en vacances quand la Russie a envahi l'Ukraine, le 24 février 2022. Comme beaucoup, j'ai été sidérée par les images et les nouvelles qui nous parvenaient : Kyiv bombardée, avec ses habitants terrés dans le métro, ressemblait tellement à Paris, à n'importe quelle capitale européenne en fait… Je n'étais jamais allée à Kyiv. À vrai dire, je ne connaissais rien de l'Ukraine. Ce pays ne m'évoquait pas grand-chose. Des Cosaques, croisés dans des contes de la comtesse de Ségur, que je confondais avec les Russes. Pour moi, tout le monde slave ne faisait qu'un. En bonne Française, je voyais l'Ukraine comme un satellite de l'Empire russe et de ses tsars, une campagne avec des champs de blé où allaient se reposer les aristocrates décrits dans les romans de Tolstoï. Ensuite s'ajoutaient quelques titres dans l'actualité, un peu flous : la « révolution orange », le

« conflit du Donbass »... Tout cela était exotique, de « *exoticos* », qui veut dire étranger et lointain.

Je suis rentrée de vacances le surlendemain de l'invasion. Ma mère était paniquée : elle nous enjoignait, mes sœurs, mon frère et moi, de refaire nos passeports, au cas où la guerre s'étendrait dans toute l'Europe. « Il faut toujours être prêt pour fuir, moi, je sais ce que c'est la guerre. » Mes parents sont vietnamiens, ils ont grandi dans un pays en guerre, d'abord la guerre d'indépendance contre la France, puis la « guerre des Américains », comme on l'appelle au Vietnam, « la guerre » tout court disent mes parents. Ils étaient du « mauvais côté », celui des perdants, les Sud-Vietnamiens, comme toute cette diaspora qui s'est éparpillée à travers le monde après la chute de Saigon. Je suis née en France, je n'ai pas connu cette guerre, mais j'en suis un produit dérivé, si on peut dire. « L'Histoire avec sa grande hache », comme disait Georges Perec, a éclaté nos familles, géographiquement, émotionnellement aussi, en les étouffant sous le poids de mille silences. Nous sommes ces pages blanches, sur lesquelles se sont posés les récits non écrits de nos ancêtres.

Comme les Ukrainiens, ma mère sait ce que c'est de vivre dans une ville en guerre. Elle a grandi à Saigon, sous les bombes et les missiles, les attentats dans les cafés et les embuscades sur les routes, le crépitement des mitraillettes dans la rue d'à côté, les militaires, partout, tout le temps, les morts, partout, tout le temps aussi, si nombreux que ça devient une routine. Elle raconte rarement ces souvenirs-là, malgré mon insistance : « Pourquoi tu demandes toujours la même chose, enfin, ça n'intéresse personne, c'était la guerre, c'est toujours la même chose, la guerre ! » Ma mère a raison, c'est toujours la même chose, la guerre. Les morts, les bombes, les exilés, le sang et les larmes, la foule qui se bouscule, les voitures remplies jusqu'à la gueule de bric et de broc à la queue leu leu, dans le grand exode sur les routes, la fuite vers un ailleurs inconnu, illusoire. La gare de Kyiv, noire de monde et de poussettes après l'invasion, l'aéroport de Kaboul en 2022 ou de Tân Sơn Nhất à Saigon en 1975 : ces images se ressemblent toutes, l'histoire se répète sans cesse. « Comme une bouche sanglante qui ne vomit qu'un bégaiement furieux », écrivait Albert Camus. Et dans ces gares ou ces aéroports se parle ce langage étrange et unique : le langage de l'infinie solitude humaine, le langage des errants qui savent qu'ils laissent derrière eux leurs racines, leurs maisons, leurs êtres.

Je suis reporter. Au tout début de l'invasion, mon journal, *L'Obs*, avait déjà envoyé deux de mes collègues en Ukraine. Moi, je suis partie à la frontière pour raconter le grand exode des réfugiés. Ma « spécialité », si on peut dire. De Lampedusa aux îles grecques, en passant par les Balkans, je l'ai racontée tant de fois, cette tragédie de l'exil… J'étais « aguerrie » à ce type de situations, mais ce reportage-là fut éprouvant. Peut-être parce que pour la première fois, je suis revenue avec une réfugiée dans mes bagages : la mère d'un écrivain ukrainien. Lorsque nous l'avons récupérée, elle était déchirée d'avoir dû se résoudre à se séparer de son fils. Arrivée en France, elle a attrapé le Covid. Elle n'était pas vaccinée. J'imaginais le pire : les urgences, des complications respiratoires. Et tandis que je lui enfonçais dans le nez un écouvillon de test antigénique, je me demandais pourquoi diable je m'étais retrouvée dans cette situation.

Quelques semaines plus tard, je repartais en Ukraine, à Bucha. Des mères me raconteraient l'irracontable: la mort de leurs enfants. Dans mon téléphone, il y a encore ces photos: le cadavre de Nastia, 7 ans, son visage si pâle emmitouflé dans des couvertures, le trou dans la poitrine d'Ivan, 14 ans, fauché par une balle, la bouille d'Ihor, 14 ans, fusillé dans le dos par des Russes, avec la page du journal de bord griffonné par son grand-père: «Aujourd'hui, 7 mars, temps clair. Ils ont tué notre Ihor.»

Désormais, la guerre en Ukraine ne fait plus l'ouverture des journaux télévisés, les bombardements se suivent, les morts aussi: le public se lasse. C'est l'éternelle loi médiatique. Un sujet chasse l'autre. Pour ceux qui sont directement concernés, c'est insupportable. Ils n'ont pas le luxe de l'indifférence.

Les journalistes, eux aussi, passent à «autre chose». En juin 2022, l'écrivain s'est engagé dans l'armée. En septembre, sa mère a voulu rentrer à Kyiv. La page était tournée. Je m'étais promis alors de garder mes distances. De ne plus me retrouver impliquée dans l'un de mes «sujets»…

Et puis sont arrivés Pavlo et Viktoriya…
Et l'aventure de ce livre, avec eux.

J'ai entendu le nom de Pavlo Matyusha la première fois à l'été 2022 en découvrant un de ses textes : « Le bonheur existe-t-il en temps de guerre ? » De lui, je savais juste qu'il était un écrivain ukrainien engagé volontaire sur le front. Volontaire car en tant que père de quatre enfants, il était autorisé à quitter le pays. Je l'ai contacté pour une raison qui me paraît bien cynique a posteriori : je préparais un reportage sur la contre-offensive et je voulais le centrer sur les pertes humaines. J'ai mené une première interview en visioconférence avec Pavlo. Il était « quelque part » au front. Moi, j'étais dans mon salon. La connexion passait mal ; parfois, ça coupait, alors chacun s'égosillait devant son écran, en répétant : « Vous m'entendez là, vous m'entendez ? » J'avais du mal à obtenir des réponses à mes questions. Par exemple, quand j'ai demandé à Pavlo si des hommes étaient déjà morts dans son unité, il y a eu un gros silence. « Je préfère ne pas parler de ce sujet-là. — C'est trop intime ? Trop douloureux ? Ou alors c'est parce que c'est confidentiel de parler des pertes humaines? — Les trois.» Je n'avais pas insisté.

J'avais demandé à Pavlo s'il avait écrit ces derniers mois. Quelques notes, sur son téléphone. Me les enverrait-il? Il avait hésité, là encore. «Je crois que c'est trop intime, désolé.» J'avais alors voulu évoquer sa décision cornélienne de rejoindre l'armée en laissant sa famille derrière lui. Qu'en pensait son épouse Viktoriya? Silence gêné, toujours. «Euh, ça serait mieux que vous lui demandiez directement.» Au bout d'une heure, on avait arrêté l'interview. Dans la soirée, pourtant, Pavlo m'envoyait quelques notes qu'il avait écrites. C'était superbe.

Peu après, j'ai rencontré Viktoriya dans un café à Paris. J'ai évoqué avec elle ma conversation avec Pavlo. Je me souviens de son silence gêné quand je lui ai demandé comment elle avait réagi face à sa décision de rejoindre l'armée. «Cela fait un an qu'on est séparés. Un an qu'il est à la guerre. Les enfants le réclament. Ils veulent leur père. Alors oui, je lui mets une énorme pression pour qu'il quitte l'armée. Et les enfants aussi. Il a rempli son devoir, non? Il doit rentrer à la maison.» Derrière son sourire triste, il y avait encore tant de choses qu'elle n'exprimait pas.

J'ai alors souhaité que Viktoriya me raconte sa guerre. J'avais lu les quelques notes de Pavlo. Je lui ai demandé si tous les deux, ils auraient envie de commencer une correspondance. Comme un carnet de bord de guerre, mais à deux voix. On pourrait le publier dans *L'Obs*. Viktoriya était enthousiaste. J'ignorais si Pavlo le serait aussi, mais Viktoriya était sûre d'elle : « Il sera très, très, très partant. » Je ne savais pas dans quoi je m'embarquais ; était-ce vraiment une si bonne idée d'explorer l'intimité de cette famille, de ce couple, de m'immiscer dans leur histoire ? Est-ce que je n'allais pas, encore une fois, oublier les sacro-saintes limites à fixer entre moi, la journaliste, et eux ?

Je suis alors partie en Ukraine. Il n'y a plus d'avion pour desservir le pays. Le trajet est interminable. Le train de nuit Varsovie-Kyiv était plein de femmes et d'enfants partis retrouver un homme resté au pays. Dans la nuit, plusieurs lettres sont arrivées.

Et ça a commencé comme ça.

Mon amour,

Aujourd'hui je t'écris juste pour te dire que je t'aime. Tu viens de repartir pour la France, et j'ai déjà hâte, tellement hâte, de te revoir. Ton séjour fut si bref. Mais qu'importe. Quelle chance que nous ayons tous les deux des problèmes de genoux ! Quelle fantastique idée tu as eue de m'inciter à aller consulter ton médecin à Kyiv, pendant que tu y étais aussi pour tes propres soucis de genoux. C'était romantique de se retrouver dans cette salle d'attente, non ?

Me voilà de retour dans mon unité. Tu sais, les gars se battent sans relâche maintenant. Je n'arrive pas à garder le fil de toutes les horreurs que j'entends : quelqu'un a été tué, un autre a perdu ses bras, ou ses yeux. C'est la guerre dans toute sa brutalité.

En ce moment, mon boulot, c'est d'attendre. C'est une compétence qu'il m'a fallu développer… Je m'entraîne intensément à attendre, je ne sais même pas quoi, comme dans une pièce de Beckett. Tu connais le dicton de l'armée « *Hurry up and wait* », « On se dépêche et on attend » ? Eh bien voilà. Je suis dans ce moment-là. En pause. Et en attendant de revenir à mon job d'instructeur au combat, je suis affecté à plein d'autres missions ponctuelles. Par exemple, je passe des plombes à écrire des rapports. Cela n'en finit jamais. J'appelle ça « l'armée de papier », et cette armée est la plus pénible et vicieuse de toutes ! Je déteste cette partie du job de soldat, même si je sais que je suis plus en sécurité maintenant que mes frères d'armes qui sont en première ligne.

Quand nous avons le temps, nous nous entraînons tout de même : hier, j'ai emmené les gars au petit champ de tir.

L'un d'eux, Artem, est un hipster typique, un ancien responsable des ressources humaines qui bossait dans l'industrie informatique. Il ne connaît pas grand-chose aux questions militaires, mais il est incollable sur tous les crus de café existants sur terre (et inexistants, certainement). Il s'est vraiment bien débrouillé pendant l'entraînement, même si j'avais l'impression que ça l'emmerdait un peu. Un autre gars, Stas, est un ancien marine – lui, il est super fort. Et le dernier, Vadym, commercial dans une société de télécommunications, semble de plus en plus apprécier le tir. Et pour le tir à 100 mètres, franchement, il assure. Nous avons également fait du tir au pistolet. Je n'avais que quelques dizaines de cartouches sur moi. La prochaine fois, je ferai en sorte que nous en ayons plus.

C'est vraiment dur d'attendre ainsi, sans savoir quelle sera ta mission suivante, sans trop savoir ce qui se passe en première ligne, dans les champs arrosés par les obus et les roquettes qui séparent les positions, ou encore dans les tranchées ennemies. C'est étrange d'être si proche et pourtant derrière. Mais c'est mon travail : je prépare les gars au combat. Je dois m'assurer que les unités qui montent au front soient prêtes. Ensuite, c'est le boulot des autres, en gros.

Je viens d'apprendre qu'un de nos officiers a été blessé par une mine antipersonnel. Il était responsable de l'entraînement de son bataillon, et nous avons souvent travaillé ensemble. Il a un âge respectable, 58 ou 59 ans. Il aurait pu rester tranquillement chez lui, d'autant que sa femme est handicapée. Mais non, comme tant d'autres il a rejoint les forces armées. Et maintenant, le voilà gravement blessé. Cet homme a commencé sa carrière dans les forces spéciales pendant la guerre en Afghanistan, celle que l'URSS a menée dans les années 1980, où les pertes étaient dix fois moindres que dans cette guerre, notre guerre. Tu te rends compte… Quarante ans après le début de sa carrière dans l'armée, le voilà blessé…

La guerre est atroce, mon amour, et pourtant c'est là que je veux être, que je dois être, avec mes frères d'armes, même si je sais que tu meurs d'inquiétude de me savoir là où je suis.

Je t'aime, mon chat. Je voudrais tellement être avec toi. Je chéris chacun des moments que nous passons ensemble, tu le sais, n'est-ce pas ? S'il te plaît, envoie-moi quelques photos de toi et des enfants.

Des baisers,

Pavlo

Mon cher Pavlo,

Je suis si heureuse que tu aies recommencé à m'écrire des lettres. Cela me rappelle ces années où tu étais encore un jeune cadet, dans l'armée. Nous avions 18 ans, nous venions de nous rencontrer. À l'époque, nous n'étions séparés que lorsque tu partais pendant ces entraînements d'été, et ça ne durait pas si longtemps, deux mois tout au plus. Il n'y avait alors aucun autre moyen de communication que la poste. Pas de téléphone, pas de SMS, pas de messages vocaux. Seulement la poste et tes lettres écrites à la main. Je les ai toutes gardées ! Nous étions si jeunes, la vie était devant nous. J'espère que la vie est encore devant nous, et qu'elle sera très, très longue…

Paris est désormais si loin de Kyiv. L'avion jusqu'à Varsovie et puis le train de nuit : au total, j'ai mis vingt-quatre heures pour arriver à toi. Je n'ai pu rester que dix heures à Kyiv. Mais dix heures si intenses, à profiter de ta présence, je n'en avais jamais assez de te voir. Enfin être avec toi ! Si on m'avait dit que je bénirais ces petits désagréments qui viennent avec l'âge comme les problèmes de genoux ! Oui, tu as raison, qu'ils soient bénis, nos genoux tout branlants !

C'était merveilleux d'aller se promener sur la descente d'Andriivsky, malgré l'orage. Nous avons couru nous abriter, surpris par cette violente pluie d'été, nous étions trempés et c'était une joie d'être tout ruisselants d'eau, ensemble. Je suis tellement contente que nous ayons refait une photo à côté de l'église où nous nous sommes mariés. En ce moment, je la regarde sur mon téléphone et je souris toute seule.

Ça y est, après cette si courte parenthèse hors du temps, je suis de retour en France. Les enfants étaient si contents des bonbons que tu leur as achetés. Tu sais à quel point tu leur manques. Tu sais aussi à quel point ils te réclament. Ils veulent que tu nous rejoignes ici, à Paris.

Hier, c'était le spectacle de la chorale de nos filles. Tous les parents étaient réunis dans la cour pour admirer leurs petits chanteurs. Je me sentais si seule dans la foule sans toi. Ils étaient tous venus à deux, même ceux qui sont divorcés. Je sais que je dois être forte pour nous deux, mais parfois j'ai envie de pleurer à l'idée que tu manques tous ces beaux moments, que tu ne voies pas grandir nos enfants. Je suis contente d'avoir été là, pour eux et pour toi. Ça a été moins une ce jour-là, car je revenais de Strasbourg pour le boulot et beaucoup de trains étaient en retard ou annulés. C'est drôle tout de même : c'est la guerre en Ukraine, mais nos trains sont toujours à l'heure, un peu comme si notre bonne vieille compagnie ferroviaire avait été dopée avec tous ces bombardements ! En France, les trains sont assez rarement à l'heure.

J'ai fait des vidéos des filles qui chantent, je te les ai envoyées. Comme ça, tu en profiteras un peu, toi aussi.

Samedi prochain, il y aura la kermesse. Les parents s'occupent des stands. Laura m'a dit qu'elle avait parlé de toi à tous ses camarades. Elle leur dit constamment à quel point elle est fière de toi.

Je sais combien il t'est difficile d'être là où tu es. Je sais combien tu détestes attendre.

Tu sais que moi aussi je déteste attendre. Et pourtant la vie est devenue cette longue attente. Attendre de te revoir, attendre de ressentir à nouveau ta chaleur, attendre que tu me prennes dans tes bras, attendre de voir le sourire sur ton visage quand tu me regardes. Attendre, toujours attendre.

Sois prudent et prends bien soin de toi.

Je veux te revoir bientôt et en sécurité.

Bisous,

Viktoriya

Bonjour mon amour,

J'ai tellement de choses à te dire. Mais pour commencer, il y a une chose que je voulais te dire pour débloquer ma tête.

D'abord, je veux te rassurer. Je vais bien. Je suis en contact avec différents gars de ma brigade[1]. L'un d'eux vient de m'envoyer un texto, s'excusant de ne pas me répondre, car il est en train de riposter aux tirs… Les combats sont très intenses. Le nombre des blessés et des portés disparus augmente continuellement. Mais je ne vais pas évoquer de chiffres, car derrière un chiffre, il y a un visage, et je connais tous ces gars. C'est comme un jeu sinistre, un jeu de mort. Tu te souviens quand nous étions en France en 2017, sur le campus de Jouy-en-Josas où je passais mon MBA ? J'aime les statistiques, aussi étrange que cela paraisse. Les stats et les probas. La guerre, ce jeu mortel, cette danse avec le feu, c'est aussi une affaire de probas. Le truc, c'est de savoir jusqu'à quel point on pousse, tant que le jeu n'est pas terminé. *Game*

---

1 — Une brigade compte de 3 000 à 5 000 soldats, répartis en bataillons d'infanterie, de chars et d'artillerie. Un bataillon comporte 3 compagnies. Une compagnie compte à peu près 100 soldats, elle est commandée par un capitaine et répartie en plusieurs pelotons. Chaque peloton, commandé par un lieutenant, compte environ 30 soldats et est subdivisé en plusieurs escouades. [Toutes les notes sont de l'éditeur.]

over. Ça dépend bien sûr du nombre de parties dans lesquelles tu es embarqué, même si je suppose que le calcul de risque doit également dépendre d'une autre variante, « la courbe d'expérience », comme on dit dans le business. Mais, de toute façon, on a beau combiner les facteurs dans tous les sens, statistiquement parlant, c'est biaisé. Il y a beaucoup plus de risques de perdre que de gagner. Et en plus dans ce jeu, quand tu perds, tu peux tout perdre. C'est un jeu mortel : une putain de roulette russe, c'est le cas de le dire.

Un de nos gars a perdu une jambe. Encore une de ces saletés de mine antipersonnel. Il a posté une photo de lui en disant qu'il ne regrettait rien, et il concluait : « De toute façon, je préfère que ça tombe sur moi, plutôt que sur l'un de mes frères d'armes. » Tu vois, voilà le genre de gars qu'il y a dans ma brigade. Enfin, je dis les gars, mais il y a aussi des filles dans nos rangs. Je t'en parlerai un jour. Je suis fier de servir aux côtés de personnes comme ça.

L'une des choses que j'ai le plus de mal à avaler : ces funérailles auxquelles je n'ai pu assister. Je pense particulièrement à l'enterrement de Youri, le mari d'Iryna, l'an dernier. Cela fait si mal. Je suis allé un peu plus tard au cimetière. Il y avait tout un secteur pour les soldats tombés au combat, avec nos drapeaux bleu et jaune flottant au vent. Beaucoup de fleurs sur la terre fraîche. Des inscriptions sur les gerbes. « Tes copains du club de jiu-jitsu » ou « À la mémoire de mon mari bien aimé, ton épouse ». J'ai mis des chrysanthèmes sur la tombe de Youri. Il avait 33 ans, l'âge du Christ. Autour de lui, des plus jeunes, des plus vieux. Tous alignés les uns à côté des autres.

Il avait plu la veille. Au bout d'un moment, j'ai vu que mes bottes étaient pleines de boue. Une boue argileuse et collante. J'ai prié pour l'âme de Youri. Il y avait une photo de lui sur la croix. Et j'ai remarqué que c'était celle qu'il venait de mettre en profil sur les réseaux sociaux. Il souriait. C'est le visage d'un jeune homme heureux, plein d'optimisme pour son avenir. Amoureux de sa merveilleuse femme, avec toute la vie devant lui. Et maintenant il ne lui reste plus que la vie éternelle. Parfois, il arrive que les larmes se faufilent dans la gorge, sans prévenir, c'est comme si quelqu'un te les extirpait, goutte à goutte. Et c'est douloureux et gluant, et collant. Et la boue argileuse se colle à mes bottes, une boue gluante et collante comme je n'en avais jamais vu jusque-là. La boue collante d'une tombe dans un cimetière militaire.

Nous devons gagner cette guerre, pour que Youri ne soit pas mort en vain, pour que son sacrifice nous permette le salut, le salut de notre nation, la vie éternelle de tout un peuple, notre peuple.

Désolé, Youri mon frère, c'est dommage qu'il n'y ait pas de résurrection pour toi au troisième jour.

Je m'en veux, je me sens si coupable envers toi, Youri. Envers tous les autres frères qui reposent sous terre à tes côtés. J'ai l'impression que vous, de l'autre côté, vous êtes des hommes réels, de chair et de sang. Et que moi, ici, je ne suis qu'une illusion, un homme en papier, un *fake*. Mémoire éternelle à toi, mon frère.

Bon. Je crois que cette lettre est assez triste. Et pourtant non. J'avais besoin de te dire tout cela. Cela m'apaise de te l'écrire, de mettre des mots sur toutes ces choses que j'ai parfois du mal à dire, et de te les envoyer, ces mots. Cela me calme. Je suis calme, oui. Je me sens vraiment dans cet état-là. Calme. Tranquille. Nous le sommes tous, en vérité.

Ah, tiens, raconte-moi comment s'est passée la réunion des anciens du MBA de HEC, celle où tu es allée pour me représenter. Tu te souviens quand on était sur le campus, je disais souvent en rigolant que tu étais quasi autant MBA que moi ! Et maintenant c'est toi qui vas à la réunion des anciens. J'aime penser à cette période qu'on a passée tous les deux en France, il y a sept ans, sur le campus de Jouy-en-Josas. Ce sont de doux souvenirs, très joyeux. J'espère que tu t'es amusée à cette réunion ! Ça me fait du bien de savoir que tu as tous ces liens, ces connexions, avec nos anciens amis, tous ces souvenirs de bonheur, ça me permet de me sentir en vie. Entier.

Je sais qu'on va se revoir très vite.

Plein d'amour,

Ton capitaine M.

Mon cher Pavlo,

Apprendre que tu vas bien, c'est en ce moment ce qui m'apporte le plus de joie.

Je ne sais que trop, hélas, ce que tu veux dire avec ce « jeu mortel ». Et c'est bien la raison pour laquelle je veux absolument que tu quittes ce jeu mortel. Je t'en supplie. Quitte tout cela avant qu'il ne soit trop tard. Les statistiques sont une science têtue. Tu le sais, le nombre de gens dans notre cercle d'amis qui ont perdu un proche est en train d'augmenter de façon exponentielle. Kuba a perdu son fiancé la semaine dernière. Ils étaient fiancés depuis deux semaines. Elle m'avait envoyé leurs photos. Ils semblaient si heureux. Le bonheur en temps de guerre, c'est si fugace.

Tant de morts autour de nous. Et pourtant, j'en suis persuadée, la vie gagne toujours. C'est ce que je me suis dit à la réunion des anciens du MBA de HEC hier : il y avait tellement de couples avec des nouveau-nés ! Avant d'aller à cette réunion, j'avais un peu peur qu'aucun de tes anciens camarades ne me reconnaisse. Après tout, c'était il y a cinq ans ! Je me trompais. Tout le monde est venu me voir, me demandant de tes nouvelles. Ils disent que tu es un héros à leurs yeux. Certains ne savaient pas que tu n'étais pas obligé de rejoindre l'armée, qu'étant père de quatre enfants, tu pouvais tout à fait, légalement, quitter l'Ukraine pour venir avec nous en France, contrairement aux autres hommes qui ne peuvent passer la frontière. Oui, tout le monde respecte ta détermination à défendre ton pays, pour que nos enfants aient un endroit où ils puissent retourner et avoir un futur, chez eux.

Mais si les hommes approuvent totalement ta décision et admirent ton courage, les femmes, elles, sont de mon côté. Elles me demandent comment je fais pour me débrouiller seule, avec quatre enfants, dans un pays étranger ; elles disent que tu devrais être avec les enfants et moi…

Je sais que j'ai de la chance, par rapport à d'autres. Les anciens de ta classe de HEC m'ont beaucoup aidée pour m'installer à Paris. Je n'en reviens pas de la solidarité qui s'est mise en place quand j'ai débarqué en avril 2022 ! Je suis tout à fait consciente de cela, mais je te le répète, je voudrais tant que tu quittes l'armée. Cela fait un an, maintenant. J'ai dit aux autres filles, à la réunion, que j'allais te mettre encore plus la pression, te menacer de divorcer si tu décides de rester engagé pour toute la durée de la guerre.

Beaucoup de gens claironnent que la guerre se terminera vite ; nous en rêvons tous tellement. Mais moi je sais que ça va durer. Au minimum du minimum, une année de plus. Et je ne veux pas d'un an de plus sans toi. Les soldats qui se battent depuis le début ne devraient pas être ceux sur lesquels toute la nation s'appuie. Il faut qu'il y ait une nouvelle vague de mobilisation, pour remplacer les hommes qui sont en ce moment dans l'armée, « démobiliser » les Ukrainiens qui jouent depuis plus d'un an au « jeu mortel » dont tu parles. Un an, c'est déjà énorme.

La seule chose qui m'a agacée pendant cette réunion, c'est cet ancien camarade de promo qui m'a ressorti le bon vieux refrain de la propagande russe : nous et les Russes, nous sommes « frères ». Des frères ! Je lui ai dit : « Imagine que ton frère décide de démolir le mur qui sépare vos deux appartements, envahit une chambre de ta maison en déclarant qu'il va désormais vivre là, qu'il va prendre tes enfants pour en faire les siens, parce que finalement vous riez aux mêmes blagues et vous chantez les mêmes chansons. Est-ce que tu l'accepterais ? » Il insistait, m'affirmant que nous, Ukrainiens, nous comprenions le russe, que nous le parlions. Je lui ai rappelé que si moi, comme tous les Ukrainiens, je comprends le russe, les Russes, eux, ne comprennent pas l'ukrainien. Je lui ai expliqué que nous avons été forcés à apprendre le russe. Que cela fait des siècles que les Russes essaient d'effacer notre identité. Je lui ai raconté la fondation du Kyiv Rus[1]. À l'époque, il n'y avait rien que des marécages sur le territoire russe actuel. Le premier royaume russe n'est apparu que des siècles plus tard, et il a été appelé Moscovie, on ne parlait pas encore de Russie[2]. Et pourtant, les Russes prétendent aujourd'hui que Kyiv Rus était le berceau de leur empire[3]… Les Russes ont sans cesse voulu se réapproprier notre histoire, ils l'ont réécrite, ça me dégoûte. Actuellement, ils refont exactement la même chose, et avec la même impunité.

J'ai raconté à ton camarade de classe que tes grands-parents avaient été déportés de l'Ukraine de l'Ouest vers la Sibérie. Que ta mère était née là-bas, obligée d'apprendre le russe pour survivre. Je lui ai dit que mon père, né en Ukraine centrale avec l'ukrainien comme langue maternelle, n'a pas eu le

---

1 — Rus de Kiev ou Rous de Kiev : le royaume de Kyiv, fondé en 880, qui atteint son apogée au XIe siècle.

2 — Ce n'est qu'au début du XVIIIe siècle que Pierre Ier l'a nommée « Russie ».

3 — En français, on appelle souvent cette période « Russie kiévienne ».

choix non plus : il a dû passer au russe quand il a fait des études à la faculté de médecine de Dnipro. Ce n'est qu'après l'indépendance de l'Ukraine en 1991 que, tout doucement, ma mère l'a ramené vers notre langue. Ce fut très difficile pour lui : pendant toute sa vie professionnelle, il n'avait parlé que le russe. Il m'a pourtant confié qu'on avait toujours moqué son accent de la région de Poltava. Même moi, qui ai grandi dans une Ukraine indépendante, je me souviens que certains enfants à l'école répugnaient à parler ukrainien. Leurs parents leur avaient mis dans la tête que c'était une langue de péquenaud. Si tu voulais être chic, tu parlais russe.

Ton camarade n'en revenait pas. Mon Dieu, j'espère lui avoir ouvert les yeux.

Je réalise aujourd'hui à quel point la propagande russe a été efficace, toutes ces années, tous ces siècles même, si efficace qu'elle continue à influencer les esprits, ici, en Europe de l'Ouest, en France. J'entends des discours du genre : « C'est compliqué, cette guerre, on ne sait pas bien ce qui se passe. » Et moi, je bous. J'enrage. Non, ce n'est pas compliqué, il n'y a pas à tortiller. La question de cette guerre est claire comme de l'eau de roche. Est-ce que vous donneriez une chambre de votre maison à votre soi-disant frère s'il vient pour vous en chasser ? S'il vous agresse ? Non, je ne crois pas.

Excuse-moi, je m'énerve. Mais ça me met en colère de voir que même des personnes hyper-cultivées, éduquées, peuvent tenir ce genre de discours.

Tu me demandais de quoi nous avons discuté pendant cette soirée ? Eh bien, des choses de la vie. La vie des gens en paix, ceux qui changent de job, changent de poste, déménagent pour aller dans une autre ville ou un autre pays, se fiancent, ont des bébés, divorcent, adoptent un chien, boivent du vin, trop de vin, décident d'arrêter, ou d'en boire un peu moins… La vie, dans toute sa normalité, dans un pays en paix. La vie.

Et moi j'attends.

J'attends que nous retrouvions à nouveau cette vie normale. La vie des gens heureux. La vie des gens en paix.

Tu me manques tellement.

Bisous,

V.

Une bière à Kyiv

J'étais à Kyiv pendant la tentative de mutinerie de Prigogine, le patron de la milice Wagner, qui, en ce samedi 24 juin, ressemblait fort à un putsch. La veille au soir, les alertes antiaériennes avaient résonné toute la nuit. Dans le ciel sombre, les missiles dessinaient des trajectoires enflammées. Cette attaque ne fit pas la une de l'actualité, malgré un bilan lourd de sept morts. La ville de Rostov-sur-le-Don, un million d'habitants, était tombée d'une pichenette. Les miliciens de Wagner continuaient leur avancée jusqu'à Voronezh. Le ministre tchèque postait une blague sur Twitter : « Je crois que mes vacances en Crimée approchent », avec un émoji parasol et un drapeau ukrainien. Des rumeurs annonçaient la fuite du jet de Poutine vers Saint-Pétersbourg. Moscou se barricadait. Ce samedi-là, l'Ukraine a cru à son étoile, rêvé de la fin de la guerre et de la victoire.

Pavlo revenait du front et prévoyait de passer le week-end dans la capitale, pour soigner son genou. Jan, le photographe qui m'accompagnait en reportage, l'a fait poser, les yeux fermés, dans la voiture. J'ai pensé un instant à cette vieille croyance de ma mère, qui refuse qu'on prenne en photo les gens qui dorment, car c'est un présage de mort. Mais j'ai chassé cette idée. Et puis on est partis dîner.

Pavlo était sur un nuage. « C'est tout bon pour nous, cette histoire ! Dans toute campagne militaire, il faut un petit truc, un catalyseur, pour décoincer les choses, et le voilà ! », se réjouissait Pavlo.

Pavlo avait déjà plusieurs nouvelles lettres à m'envoyer. Il ne pouvait plus s'arrêter d'écrire à Viktoriya. Ça lui faisait un bien fou. Il m'a remerciée, avec effusion. Écrire ces lettres, c'était comme une thérapie. Pavlo avait enchaîné sur cette confession, très franche et un peu surprenante puisque j'étais une inconnue pour lui, finalement : « Ces lettres, ça vient vraiment à un moment où nous en avions besoin. Après un an de guerre, un an avec la distance, c'est compliqué. C'est vraiment dur, notre couple, actuellement. C'est difficile de communiquer. » Il avait esquissé un geste pour montrer un bateau qui tangue. « C'est vraiment super tendu. »

Je devinais ce qu'il voulait dire. J'avais lu dans sa lettre que Viktoriya avait raconté aux femmes des camarades de promo de Pavlo qu'elle allait déposer une demande de divorce pour lui mettre la pression et l'obliger à quitter l'armée. Comme moi, Pavlo avait cru qu'elle plaisantait. Mais il m'a confié avoir reçu une assignation du tribunal quelques jours plus tard. Une simple notification sur son téléphone. Viktoriya avait bien rempli les papiers de demande de divorce et pris un avocat. Il avait été sonné. Il allait devoir se décider très vite s'il ne voulait pas perdre la femme qu'il aimait.

C'est à ce moment-là que j'ai compris ce que ces lettres représentaient pour Pavlo. Il y avait certes une volonté brûlante, urgente de dire et de raconter ce qu'est l'Ukraine, cette lutte contre la grande entreprise d'effacement menée par le tsar du Kremlin, cette guerre pour la démocratie. Mais il y avait aussi un enjeu plus intime. Leur couple était en crise. Folle de ne pas le voir rentrer, Viktoriya avait lancé une procédure de divorce. Pavlo voulait, via ces lettres, reconquérir la femme qu'il aimait et qui, il le savait, l'aimait toujours, mais doutait.

Je suis persuadée que si j'avais proposé à Pavlo de tenir un journal du front, où il aurait tenu seul la plume, il aurait décliné. Pas sûr, même, qu'il aurait réussi. Car ce que désirait Pavlo, en réalité, c'était écrire à Viktoriya. Lui écrire tout ce que peut-être ils ne parvenaient/ne réussissaient pas à se dire, à travers leurs échanges journaliers. Rester dans l'armée, démissionner ? Il n'arrivait pas à prendre de décision. « Je suis divisé en deux. »

Et comme Schéhérazade, il s'achetait du temps. Tant qu'il écrivait, elle restait avec lui, Viktoriya. Et en publiant ces lettres, par mon intermédiaire, c'était une façon de crier au monde entier cette déclaration d'amour.

J'ai été prise de vertige. Pourquoi avoir proposé cette correspondance ? Pourquoi me retrouvais-je dans cette situation, à recueillir la parole de cet homme et de cette femme? N'était-ce pas déplacé de ma part de lire ces lettres qui ne me regardaient en rien? Et ce, pour une période indéterminée? Je suis rentrée assez tard à l'hôtel. Il y avait encore plein de monde dans les rues. Des gens qui riaient, se tenaient par le bras, s'embrassaient, prenaient encore un dernier verre. Il n'y avait plus de couvre-feu, comme lors de ma première visite. Enfin si, mais plus personne ne le respectait. J'avais du mal à reconnaître cette ville que je n'avais vue que déserte et quadrillée de checkpoints. Dans la douceur de cette nuit d'été, c'était facile d'oublier la guerre. À l'hôtel, j'ai scrollé sur les news. Prigogine avait décidé de retirer ses troupes. Le rêve était fini.

Mon amour,

Si tu savais comme cela me fait du bien de t'écrire. Dans nos lettres, je confie tout ce que je n'ai pas réussi à te dire dans les innombrables textos et messages que nous avons échangés sur Telegram ou Signal, ou dans nos conversations hachées, au téléphone, si frustrantes, où j'entends parfois si mal ta voix.

Depuis que je me suis enrôlé, je t'ai envoyé des tonnes de textos. À propos de tout et de rien. Des tonnes de rien, en fait. Mais dans les lettres que je t'écris, c'est différent. Les mots ont cent fois plus de poids. Et quand je te dis « Je t'aime », c'est comme cent textos qui te répéteraient inlassablement ces mots : « Je t'aime. »

Je sais que notre relation a changé ces derniers temps. Je suis loin de toi avec cette guerre. Mais toutes les relations ne changent-elles pas ? Je n'ai pas envie que nous soyons l'un de ces couples qui restent ensemble juste parce qu'ils sont englués dans leurs habitudes ; je ne veux pas que tu sois à mes côtés pour la simple raison qu'il en a toujours été ainsi, parce que nous sommes mariés depuis tant d'années. Nous valons mieux que cela. Et moi, je veux que ce choix-là, d'être ce couple, notre couple, soit parfaitement conscient.

Nous sommes éloignés l'un de l'autre, aujourd'hui, mais par-delà la distance, dans ces lettres, c'est comme si je te découvrais encore plus pleinement. Sans les interférences de la vie quotidienne.

Et je réalise toujours plus à quel point tu es le «*love of my life*», comme dans la chanson de Queen. Même si tu n'es pas, mon cœur, désolé de le dire, la femme parfaite. Tant mieux, moi non plus, je ne suis pas l'homme idéal. Mais à deux, nous formons cet assemblage où toutes les pièces s'ajoutent l'une à l'autre, parfaitement, comme un collage d'amour.

Je t'écris et c'est comme si je te parlais, dans ma tête, et à ces moments-là, j'entends ta voix et je me sens enfin moi-même. Même si je préférerais tellement t'enlacer et te serrer dans mes bras, mon amour. Je voudrais sentir ta main dans mes cheveux, qui effleure ma barbe, mal taillée et piquante.

Au début de la guerre, j'avais commencé à prendre des notes pour mon prochain roman. Le héros était écartelé par un conflit entre l'amour porté à une femme, adulée, et l'amour de sa patrie, qui lui donne cette conscience de faire partie intégrante de l'Histoire. J'y pensais, beaucoup, mais je n'arrivais pas à trouver un fil narratif. Et puis sont venues ces lettres. C'est un baume apaisant, cette correspondance avec toi. Un de ces étranges bonheurs qui surviennent pendant la guerre.

Oh, mais aujourd'hui, j'y pense, c'est la fête des Pères. Notre fils aîné[1] a acheté un bouquet de fleurs et devait te l'offrir, de ma part aussi. Car après tout, je ne serais jamais devenu père sans toi, *divtchynko*[2]. Bonne fête des Pères, à toi et à moi, ma chérie !

C'est la fête des Pères, mais évidemment la guerre est toujours là. Je viens de souhaiter bon anniversaire à notre amie Iryna, dont le mari, Youri, est mort l'an dernier au front. Tu sais, dans un texto elle m'avait demandé comment j'allais. J'étais embarrassé. Mes soucis, aujourd'hui, se limitent à mes douleurs ligamentaires aux genoux...

Je ne sais plus pourquoi, mais j'avais aussi ce jour-là décidé de reprendre contact avec un camarade, un officier comme moi, pour lui envoyer un petit message. On avait été dans le même groupe aux cours de recyclage des officiers, il y a un an. On

---

1 — Leon est âgé de 12 ans.

2 — « Fillette », surnom affectueux, souvent employé en ukrainien.

blaguait pas mal, et sur mon téléphone, je peux scroller sur l'historique de toutes les plaisanteries qu'on s'était envoyées. Je lui ai écrit pour lui faire signe. Mais le message m'a été renvoyé. Avec la mention « Pas distribué ». Bon. Je l'ai cherché sur Telegram. Il y avait encore son profil. Mais j'ai vu que la dernière fois qu'il s'était connecté, c'était il y a un bout de temps. J'ai checké Viber. Pareil, j'ai bien retrouvé son profil, mais aucune réponse. Rien de rien. J'ai senti un grand vide dans le cœur. Car je devine ce que ça signifie, tout ça. Mais bon Dieu, j'espère que je me trompe. J'espère qu'il a juste changé de numéro parce qu'il en avait marre de recevoir des messages, parce qu'il voulait que ses collègues arrêtent de l'emmerder. J'aimerais tant y croire. C'est mieux de ne pas s'attacher. Parce qu'ensuite tu ressasses. Parce que c'est terrible ce moment où tu n'as plus de nouvelles.

Tu sais, ma chérie, petit à petit, je comprends qui sont nos héros. Ce sont juste des gars normaux. Par exemple Maksym Popov, qui est désormais chevalier de l'ordre de Bohdan Khmelnytskyi, une décoration reçue des mains du président Zelensky lui-même. Je me souviens de lui quand il était enfant. J'étais gosse aussi, nous allions rendre visite à nos grands-parents, à la campagne, dans la petite ville de Stepan, dans le nord-ouest de l'Ukraine. J'avais 7 ou 8 ans, et j'étais le plus jeune à être accepté par les gamins du coin! Pendant ces hivers glacés, on se chauffait au poêle, il y avait plus d'un mètre de neige dehors. Maksym avait 5 ans, à l'époque. Les garçons plus âgés, les petites terreurs, ne daignaient pas jouer avec lui, trop petit à leur avis. Alors Maksym restait à la maison. Et maintenant, il faut le voir avec son crâne rasé, il se tient si droit, si fier. Parfois, sur les photos, il brandit une mitraillette, un lance-grenades automatique ou un Javelin[1]. Il fait son job, sérieusement, tout comme il le faisait quand il était bûcheron, abattant les arbres dans la forêt. Voilà les héros de notre temps.

Je suis fier de lui. Et aussi fier de toi, mon amour. Toi aussi tu mérites une médaille de chevalier de l'ordre du Mérite pour tout ce que tu fais et endures depuis le début de la guerre. Je t'aime, mon amour. Malgré tout, en dépit de tout, je t'aime. Et, s'il te plaît, toi aussi, *love me back*, aime-moi en retour, comme avant, et pour toujours.

Ton P.

---

1 — Lance-missiles antichar.

Mon cher Pavlo,

Ce que tu écris sur les textos, et tous ces messages si brefs, trop brefs, c'est si juste. Dans les textos, les mots perdent parfois leur signification profonde. On en vient à oublier ou à mettre de côté ses émotions intimes, les plus sincères, les plus vraies. À vrai dire, avons-nous vraiment eu le choix ? Depuis le début de cette guerre, nous sommes tous dans l'urgence. Toujours l'urgence, cette urgence qui nous empêche de penser. Mais là, quand je t'écris ces lettres, que je t'envoie ces mots, mes mots, je savoure le fait de prendre le temps. D'arracher du temps au temps haché de l'urgence.

Tu te souviens de notre correspondance quand tu étais au camp de Desna, lors de ta formation à l'institut militaire ? Parfois, tu m'écrivais jusqu'à deux lettres par jour ! Et tu écrivais même sur l'enveloppe, pour consigner tout ce qui te semblait alors urgent. À l'époque, ces sujets urgents, c'étaient souvent des mots d'amour, toutes ces petites choses absurdes et adorables qu'on se dit entre amoureux. On se disait toujours tout, et cela n'a pas changé, on ne s'est jamais rien caché.

Je ne sais pas pourquoi, mais soudain, je me souviens de cette fois où j'étais venue te voir au camp, au début des années 2000. Il y avait une visite officielle de Leonid Kuchma[1]. Je me rappelle une image très précise : la centaine de petits sapins de Noël, d'un mètre environ, qui avaient été posés le long de la route, de la station de bus jusqu'au checkpoint. On était en juillet, alors ils étaient désormais tout jaunes, tout flétris. Je t'ai demandé ce qui s'était passé et tu m'as expliqué que ces petits sapins avaient été coupés, dans la forêt, puis plantés dans le sable, le long de la route, juste pour agrémenter le paysage, le temps du passage du président. Il était resté dix minutes sur cette route, et tant de sapins sont morts pour ce bref passage ! Pour moi, c'était vraiment une réminiscence de l'Empire soviétique… Je sais que l'armée est une machine énorme et conservatrice, qu'elle change lentement, mais je crois que maintenant, dans l'armée ukrainienne moderne, une chose pareille ne pourrait plus arriver. Alors

---

1 — Leonid Kuchma a été président de l'Ukraine de 1994 à 2005.

que l'armée russe, elle, n'a pas changé d'un poil. Les soldats seront toujours les esclaves du tsar…

Je suis au lit. J'ai attrapé un truc carabiné, un virus qui traînait chez les enfants certainement. Mais il y a le concert de fin d'année de Laura et Liubava et je ne peux pas le rater. Merci pour le bouquet de la fête des Pères. Ça m'a remonté le moral. Je suis un peu inquiète, je ne sais comment je vais survivre aux prochaines semaines, avec ma crève, et tout le boulot que j'ai, tous mes déplacements professionnels. Heureusement qu'Iryna a pu venir en France me voir et qu'elle m'aide pour s'occuper des enfants. Tu sais la première chose qu'elle m'a dite, après son arrivée à Paris ? « Enfin, je peux dormir ! Une nuit complète ! » Depuis le mois de mai, avec les alertes antiaériennes incessantes à Kyiv, c'était vraiment devenu impossible de fermer l'œil pour elle.

Oublie les médailles ! Je m'en fiche bien des décorations. Ordre du Mérite, tout ça, ça m'est bien égal. Je veux juste que tu sois près de moi. Et je suis sûre que ton prochain roman sera formidable.

Bisous,

V.

Bonjour mon amour,

J'espère que tu as bien dormi. Aujourd'hui, je me suis levé à 5 h 30. Tout était calme. Je me suis fait un café, et j'ai regardé le jour se lever. J'entendais le bruissement des feuilles dans les arbres, ou bien ce sont mes souvenirs qui bruissaient. Des oiseaux, un concert de mille voix, ils avaient été encore plus matinaux que moi. J'avais l'impression d'être le petit garçon dans *Le Vin de l'été*, ce roman de Ray Bradbury ; *Dandelion Wine*, c'est le titre en anglais, cela veut dire « le vin des pissenlits ». Il paraît qu'on peut obtenir du vin en extrayant une liqueur de ces pissenlits dorés de l'été. Ce matin, comme le petit garçon du roman, j'étais prêt à enfiler mes baskets et aller courir à travers les collines, en volant, sans sentir mes pieds toucher le sol.

Mais non. Au lieu des baskets légères, j'ai dû enfiler mes bottes militaires, si lourdes.

J'ai réalisé que de toute façon, je serais bien incapable de courir, à cause de ma blessure au genou.

Oh, *divtchynko*, j'ai tellement de souvenirs. J'ai l'impression que depuis le début de cette guerre, tout me revient, très précisément, y compris tant de petites choses que je croyais avoir oubliées. Je me souviens à quel point on se sentait bien, ensemble, tous les deux ; je me souviens aussi que parfois je t'ai blessée, volontairement ou involontairement. Je le sais. Tu as le droit de ne plus être amoureuse de moi. Mais s'il te plaît, non, ne me quitte pas. Je sais le but de ta manœuvre. L'amour fait parfois appel à un peu de manipulation. Je sais très bien pourquoi tu as déposé une demande de divorce ; tu veux me forcer à m'éloigner de cette guerre, pour m'obliger à revenir auprès de toi et de nos enfants, encore si jeunes. Oui, c'est une manipulation, mais une manipulation qui en dit tellement sur l'amour. Maintenant je le comprends. Il faut parfois perdre quelque chose pour sauver autre chose. Oh, *divtchynko*…

Je me souviens quand je me suis enrôlé le printemps dernier. J'étais alors bien loin de la ligne de front. Nous avions des sessions d'entraînement dans la chaleur de l'été. Et le chant des oiseaux était ponctué par les sons des explosions de grenades et des tirs de mitraillettes ; cela faisait une drôle de musique, ce rythme. À l'époque, des missiles avaient touché le centre d'entraînement. J'ai eu de la chance, je n'y étais pas. À ce moment-là, la peur était loin, elle ne m'avait pas encore saisi de ses doigts crochus. Je crois que tous les officiers, comme moi, nous étions dans ce drôle d'état un peu romantique, celui que connaissent les soldats qui n'ont pas encore senti l'odeur de la poudre, l'odeur du sang de la guerre, avec de vrais ennemis. À l'époque, tout le monde brûlait d'aller au front, ou au moins d'aller se frotter à un peu d'action… et la plupart y sont allés.

Tu sais, mon chef à l'Académie nationale de l'armée de terre, un lieutenant-colonel quinquagénaire que je respecte énormément, m'en a parlé, de tous ces jeunes lieutenants, fraîchement diplômés, qui sont partis directement au front. Il m'a dit : « Je déteste aller dans les cimetières. Je déteste voir tous les parents, les amis, les proches. » Et puis il a continué, expliquant qu'il n'y avait rien de pire que de se lever à 3 h 30 du matin, et dans les insomnies blafardes et obscures de l'aube, revoir les yeux brillants de ces jeunes lieutenants qui ont disparu à jamais.

Il reçoit tellement d'appels. Il doit trouver des photos. Les photos de ceux qui sont tombés au front. Il y en a tant. Comme il est reconnu pour ses talents de photographe, c'est lui qui fait les photos pour les papiers d'identité des officiers. Il m'a parlé d'un jeune lieutenant, un beau garçon, un peu trop conscient de son physique avantageux, qui réclamait d'être photographié sous tel ou tel angle. Le garçon lui a confié qu'il avait très peur de partir au front, il répétait qu'il était persuadé que c'était fini pour lui, qu'il ne reviendrait jamais vivant. Mon commandant s'est récrié, a protesté. Mais pourquoi dire des bêtises pareilles, il était un officier excellent, l'un des meilleurs cadets de sa promotion d'infanterie, il allait bien entendu se débrouiller, pour lui-même, pour ses gars. Le lieutenant-colonel lui a conseillé d'écouter les vétérans, les vieux de la vieille. Avec tout cela, il reviendrait, c'est sûr. Mais un mois après, la notification de décès est arrivée. Et, encore une fois, mon commandant a dû choisir une photo du beau et jeune lieutenant. Une photo d'adieu.

Tu sais, il m'avait dit qu'il n'arrivait plus à dormir. Il faisait des cauchemars toutes les nuits. Il devait prendre du whisky ou des médicaments pour réussir à arracher quelques heures de sommeil. Mais rien n'y faisait. Les photos des jeunes lieutenants, fringants et beaux, continuent à s'aligner sur les tombes des cimetières.

Ah, et puis il y avait aussi cette jeune femme officier. Toute désorientée. Il lui avait dit : « Mais arrange-toi un peu, coiffe-toi. — Mais pourquoi ? avait-elle répondu. — Eh bien, pour te faire une jolie photo d'identité d'officier, voyons ! » Elle a soupiré. A soufflé : « À quoi bon. Tout va brûler là-bas. » Et effectivement tout a brûlé. Elle avait raison. Elle est morte, aujourd'hui.

Ma chérie, je promets que la prochaine fois que je t'écrirai, j'arrêterai de parler de toutes ces choses si tristes. On ne parlera que de nous, de toi, de notre famille. Je veux être avec toi de toutes mes forces. De toute façon, je sais que même si nous rompons, nous serons éternellement amants.

Bon, je n'ai absolument pas envie d'une rupture, hein ! C'est une blague, une petite blague, comme toutes les blagues que je te fais, je t'en ferai encore plein, des blagues, promis, tu les écouteras, et nous rirons ensemble.

Je t'aime et il me tarde de te revoir,

Pavlo

Mon cher Pavlo,

Je pensais être enrhumée, mais je pense que j'ai un truc plus grave. Je tousse et je n'arrive plus à respirer correctement. Comme si j'étouffais. Je crois que je n'arrive pas à me remettre sur pied à cause du boulot : je suis obligée de partir en déplacement quasi tous les jours, toujours dans un autre endroit, un autre pays, pour traduire des colloques et des conférences dédiées à l'Ukraine.

Je suis épuisée. Tu sais à quel point j'adore mon travail, mais là, franchement, je n'y arrive plus. C'est idiot, mais j'ai une peur atroce de mourir d'une pneumonie, comme ces héroïnes des romans que je lisais adolescente. Je sais, ma peur de mourir est totalement stupide, à côté de ce que toi et tes camarades vivez. Mais tu sais, comme j'ai la responsabilité de nos quatre enfants, la pensée de la mort, de ma mort, me hante. Tu connais ce très joli proverbe ukrainien : « Tes propres habits sont ce qu'il y a de plus proche de ton corps ». C'est ce sentiment que tu as si bien décrit dans ton roman *Le Coquelicot*. Nos sentiments personnels – amour, haine, traumas – prennent toujours le dessus sur des événements qu'on ressent comme plus distants : une guerre, par exemple. Sauf si on est personnellement touché par l'événement en question, la nature humaine fait que la priorité est notre vie, avec ses drames et ses joies. Certains ont cru que ton roman était sur la guerre, alors que pas du tout, tu racontais comment les gens continuaient à vivre sans se préoccuper de ce qui se passait sur le front, à l'est, dès 2014, dans le Donbass.

Tu sais, à une conférence où j'étais interprète, une intervenante française est venue me voir à la pause. Elle voulait absolument parler à quelqu'un d'ukrainien, je crois. Elle se demandait pourquoi personne n'avait prêté attention à l'annexion de la Crimée en 2014. Cela la torturait. Si le monde avait réagi, s'interrogeait-elle, les choses auraient-elles pu se passer différemment ? Je l'ai rassurée en lui disant que hélas, même en Ukraine, beaucoup de gens ne faisaient pas vraiment attention à ce qui se passait dans l'Est à l'époque. La zone en guerre ne représentait que 10 % du territoire. Elle menaçait les vies de certains, mais pas de tous. Ce n'est que parce que l'échelle de la guerre a changé que, brutalement, tout le monde a pris conscience de ce qui se jouait.

Tu sais ce dont j'ai le plus peur ? Que ce mal russe continue à se répandre, en toute impunité.

Je suis à l'hôtel, je viens de revenir d'une conférence sur les familles de personnes portées disparues. C'était terrible. Juste avant la conférence, j'ai été prise dans un horrible orage. Je ne sais pas si c'était à cause des choses que j'entendais, que je traduisais en direct, si c'était à cause de l'épuisement, de l'orage, mais pour la première fois de ma carrière professionnelle, ma voix a tremblé quand j'ai traduit.

Les familles qui recherchent des disparus…

Tu te souviens d'Ihor Mysiak, ce jeune auteur talentueux dont je m'occupais dans l'agence[1] ? J'étais tellement contente d'avoir trouvé un éditeur pour son nouveau roman, *L'Usine*, l'an dernier. Il y avait eu un événement organisé pour le lancement, en octobre 2022, et il était rentré du front pour y assister. Six mois plus tard, Ihor a été porté disparu. Nous l'avons recherché avec sa femme pendant un mois et demi avant d'apprendre qu'il était mort. Tu imagines ce que doivent traverser ceux qui recherchent encore leur aimé, sept ans

1 — Viktoriya a créé une agence littéraire en 2019, Literary Agency Ovo, représentant des auteurs ukrainiens.

après la disparition ? Une femme était dans cette situation. Elle expliquait que le plus difficile pour elle, c'était de savoir quoi dire à sa fille qui continue à lui poser cette question : « Maman, quand reviendra-t-il, papa ? »

Je comprends tellement son désarroi. Moi non plus, je ne sais que répondre à Luka, notre petit Luka, qui me pose la question sans arrêt, tous les jours. « Quand est-ce qu'il revient, papa ? » Le fait d'être incapable de donner une réponse claire à un enfant ne l'aide pas à avoir confiance en ce monde... Heureusement qu'il peut te parler en vidéo de temps en temps. Mais tu le sais, rien ne peut remplacer ta présence physique.

Je pense aussi à ceux qui sont revenus de captivité. Il y avait une femme dont le mari avait été capturé dans l'usine Azovstal, à Marioupol. Il avait perdu 50 kilos. Il avait été torturé. Cet homme a perdu tout désir, sauf celui de manger. Pendant la journée, il ne dit pas un mot. Il ne parle plus que la nuit. De longs monologues décousus. Sa femme a découvert récemment que son fils écoutait son père, toutes les nuits. Le petit a sculpté une figure sans jambes d'un camarade de son père.

En général, j'essaie de garder une certaine distance quand je traduis. Pour rester professionnelle. Mais là, je ne sais pas pourquoi, c'était impossible. Ma carapace s'est fendue. J'avais l'impression que mon cœur allait éclater.

Je n'ai même pas envie de parler de ce que tu as écrit dans ta lettre. Tous ces jeunes cadets de l'Académie morts au front. Je ne pourrais même pas exprimer avec des mots cette peur que j'ai en moi…

J'ai même peur d'aller prendre des nouvelles de mes amis au front. J'ai moi aussi tellement peur que ces messages restent sans réponse… Je me souviens à quel point j'étais angoissée quand mon ami Tristan est venu de l'étranger pour aider comme volontaire à Marioupol. À un moment, le téléphone a cessé de répondre. Cela a duré dix longs jours. Terribles. Mais finalement c'était un problème d'absence de réseau… Et enfin, il a répondu…

Je pense aussi aux messages à Ihor Mysiak, notre ami poète… Ces messages auxquels il ne répondra plus jamais…

Voilà pourquoi c'est si important de recevoir tous les matins ton petit «*Dobrogo ranochku*», «Doux réveil».

Après t'avoir dit ce qui me consumait, je me sens mieux.

Je tombe de sommeil.

Bisous,

V.

Bonjour mon amour,

J'espère que tu te sens mieux aujourd'hui. Je sais que tu dois courir partout, que tu manques de sommeil, et que cela t'empêche de te remettre de cette fichue bronchite. Je préférerais te savoir au lit, à te reposer, et avec moi, dans ce même lit, mon Dieu, ce serait encore mieux. Remets-toi vite, ma chérie, et envoie-moi vite de nouvelles photos de ton sourire et de ta jolie frimousse. Tu me manques. Tes yeux qui me sourient, ta bouche…

Aujourd'hui, j'ai eu un visiteur assez étonnant, dans le bureau que je me suis improvisé, au sein de mon unité. Une jeune femme qui voulait devenir tireur-canonnier. Elle m'a demandé quand serait la prochaine formation sur les nouveaux obusiers 155 millimètres. Elle avait la trentaine, elle était toute fluette, elle parlait avec une voix très douce mais je pouvais sentir à quel point elle était déterminée : un vrai guerrier conjugué au féminin. Je ne te cache pas que j'étais surpris. Tu sais bien qu'il faut plus d'un individu pour opérer un obusier, pour actionner le mécanisme. En général, il y a une équipe de quatre personnes pour cet engin, indispensable pour couvrir nos opérations d'artillerie. Mais c'est un job super physique, avec des obus de 45 kilos à transbahuter çà et là. C'est épuisant. Il faut être capable d'enchaîner les manœuvres et les manipulations.

Et puis le bruit ! Le son de l'artillerie, c'est un grondement de tonnerre, tu peux le sentir, avec ton corps, comme s'il te pénétrait. Tu dois bien sûr porter un casque, car sinon, tu endommages sérieusement tes oreilles (et ouvrir la bouche pour soulager la pression dans les oreilles n'est absolument pas suffisant !). Et ce grondement d'orage, que tu entends toujours plus ou moins près. Pourtant, les gars s'y habituent...

Oui, il faut être vraiment solide pour être artilleur.

J'accorde encore ce mot au masculin car je n'ai encore jamais rencontré d'artilleuse ! Mais je sais qu'il y a des femmes dans l'artillerie ukrainienne. La preuve qu'aux femmes ukrainiennes rien n'est impossible, qu'aucun métier de l'armée ne leur est inaccessible ! Même des métiers aussi dangereux que l'artillerie, parce que les artilleurs sont près de la première ligne et qu'ils peuvent recevoir un tir ennemi à tout moment.

On a discuté. Pour l'instant, elle ne réalise pas encore complètement ce que ça signifie d'être dans une équipe d'artillerie. Pourtant, elle sera bientôt sur le front comme infirmière. Elle me dit qu'elle a peur. Mais elle n'imagine pas rebrousser chemin. « Si tout le monde se disait, non, ça ce n'est pas pour moi, qui irait ? », s'est-elle interrogée tout haut. Et puis elle s'est mise à pleurer. Quelques larmes, qu'elle a très vite séchées. Elle a peur de la guerre tout comme les hommes ont peur de la guerre sauf qu'elle, elle était plus honnête et franche à ce sujet. J'ai noté ses coordonnées et je lui ai dit que je prendrais en compte sa candidature quand les prochaines sessions d'instruction d'artillerie seront ouvertes. Je lui ai quand même dit de bien réfléchir à sa décision : artilleur, c'est vraiment une position très, très difficile.

Quand elle est sortie de la pièce, j'ai pensé à toutes les épreuves que vous traversez depuis le début de cette guerre, vous, les femmes ukrainiennes. Je sais à quel point tu es forte, je sais aussi tes failles, ta fragilité. Je sais à quel point c'est difficile pour toi, seule avec les enfants, de tenir notre famille à bout de bras, dans un pays étranger tout en travaillant. Et tout ça sans mon aide. Je vais devoir mettre les bouchées doubles pour rattraper ma longue absence, plus d'un an déjà, mais je le ferai avec joie, je te le jure. Les femmes ukrainiennes sont si fortes, si indépendantes, elles sont vraiment les fondations et le ciment de toute notre société. Cela me fait d'ailleurs penser à une remarque très juste de cette candidate, aspirante artilleuse. Elle considère que la présence des femmes amène plus d'ordre dans l'armée et plus de motivation chez les soldats. Je suis certain qu'elle a raison, c'est une émulation positive, cette présence féminine, et je me dis qu'une équipe d'artilleurs serait encore plus performante s'il y avait une femme à bord.

Ma chérie, je voulais t'écrire au sujet de quelque chose qui n'avait rien à voir mais cette rencontre a changé le cours de cette lettre. Je t'en parlerai plus tard, promis. Tout ce que je veux te dire c'est que je t'admire, femme ukrainienne, si courageuse et si forte. Je veux être digne de toi dans ce que je fais.

Je t'envoie plein d'amour ma chérie,

Ton capitaine M.

Mon cher Pavlo,

Je suis encore malade, mais j'ai dû aller à Londres pour le travail. Merci de ce que tu dis de nous autres, femmes ukrainiennes. Cela me fait du bien de savoir que tu comprends ce que je traverse, que tu réalises aussi le poids de ce fardeau que je porte sur les épaules. La guerre est souvent vue comme une affaire d'hommes, et pourtant, nous les femmes, nous la menons tout autant que les hommes. Car les femmes sont ces soldats qui se tiennent sur un front invisible, sur la ligne de défense arrière…

J'ai reçu un message de l'institutrice ukrainienne de Leon, de sa classe à distance qu'il suit, en parallèle du collège en France.

Elle me demandait de lui rappeler d'envoyer un devoir qu'il avait oublié de rendre… Toutes ces professeures, docteures, infirmières ont été en service depuis le tout début de la guerre. Je me souviens des cours sur Zoom, qui avaient repris, une semaine après le début de l'invasion, organisés depuis les abris antibombes… Ces femmes devaient s'occuper de leurs familles, mais elles ont continué à remplir leur mission, leur job, et ce dans des conditions totalement folles…

Ce désir si fort de préserver une vie normale, c'est ça qui permet à notre pays de tenir debout. Je crois que Poutine et sa clique ne comprennent pas une chose capitale : ils ont déjà perdu la guerre. Dans la tête des gens. Tous ces gosses qui sont à l'école, en ce moment, ou qui sont nés pendant cette guerre, se souviendront de ce qu'a commis la Russie. Et ces enfants sont notre futur !

Je pense à l'horreur de la destruction du barrage de Nova Kakhovka. Quand je regardais les images des maisons inondées, je ne pouvais ressentir rien d'autre que du désespoir et de la haine. Le fait d'être loin, comme je le suis, de ne pas pouvoir aider, d'être impuissante, ça empire tout, et je sens à quel point ces deux sentiments, le désespoir et la haine, peuvent te consumer, te détruire même. Alors, comme je ne pouvais rien faire d'autre, j'ai juste cherché les coordonnées bancaires d'une organisation ukrainienne, UAnimals, qui s'est chargée d'évacuer les animaux de Kherson, et j'ai donné de l'argent…

J'ai regardé en boucle toutes ces vidéos d'évacuation, vaches, chiens, cochons… Ce militaire sur une bouée gonflable pour enfant qui tentait de rejoindre l'autre côté de la route pour sauver un chien, perché sur un arbre. Ces vidéos m'ont fait du bien. C'était de petits fragments d'humanité, de bonté, dans toute cette horreur. Je vois notre armée, nos militaires, qui malgré tout ce qu'ils traversent gardent cette capacité d'empathie, cette gentillesse. Et je me dis que c'est impossible que nous ne gagnions pas la guerre ! Je pense aussi avec tristesse à la zone occupée de Kherson, de l'autre côté de la rivière. Où la propagande russe explique en boucle qu'il ne se passe rien, alors qu'à travers leurs fenêtres, les gens peuvent voir les cygnes nager sur les routes devenues rivières… Je ne sais pas si nous saurons exactement combien ont péri lors de cette catastrophe. Cela m'a fait penser à Tchernobyl, quand les Soviétiques ont tout fait pour cacher la vérité sur ce qui se passait. Une chose habituelle pour eux.

Comment allons-nous reconstruire ? Comment réparer tous ces dégâts ?

Tellement de questions sans réponse. En attendant, on essaie d'aider comme on peut. J'y crois. Nous allons nous en sortir. Nous allons tout reconstruire. Ma collègue Ievguenia de Bruxelles, dont la famille vient de Kherson, organise quant à elle une collecte de fonds pour laver les maisons au Kärcher, afin que les gens évacués puissent rentrer chez eux.

Je craignais de sentir cette « fatigue de la guerre » en Europe, dont certains parlent tant. Mais en réalité, je sens que la solidarité est encore forte, j'espère que cela continuera, jusqu'à notre victoire. Car notre victoire ne sera pas qu'une victoire de l'Ukraine, mais bien une victoire de l'Europe. Bien sûr, vous devez voir les choses différemment, sur le front, vous devez vous sentir parfois seuls, mais on ne s'en sortira pas sans toutes ces armes, ces canons, ces artilleries, que nous envoient nos partenaires.

Je termine cette lettre par les mêmes sempiternelles recommandations. S'il te plaît, fais attention à toi. Et n'oublie pas de te nourrir un peu correctement !

J'attends ta prochaine lettre.

Bisous,

V.

Pénélope fait la guerre

Les hommes à la guerre et les femmes qui attendent à la maison. Il y a quelque chose d'ancestral dans ce conflit en Ukraine, qui ravive les vieilles divisions de genre. « La guerre est une création masculine qui dépasse mon entendement de femme », écrit Svetlana Alexievitch. On n'en sort pas, c'est vrai. La guerre reste une histoire d'hommes et, mis à part les livres d'Alexievitch, le prix Nobel de littérature (dont un des récits est intitulé *La guerre n'a pas un visage de femme*), j'ai l'impression de n'avoir lu que des livres sur la guerre écrits par des hommes.

Je me demande si, journaliste femme, j'écris sur la guerre comme mes collègues hommes. Moi qui n'ai jamais joué aux petits soldats, qui bâille en regardant les vidéos YouTube expliquant le fonctionnement du howitzer 500, qui dois aller vérifier discrètement ce qu'est un M4 sur Internet ?

La guerre est une histoire d'hommes depuis *L'Iliade*. Viktoriya est Pénélope : nouée par la peur, elle attend le retour pendant plus de vingt ans d'Ulysse, son voyageur errant de mari, père absent pour Télémaque, et époux infidèle. Aucune femme n'a envie d'être Pénélope. Pénélope n'est pas vue comme une héroïne. Antigone a inspiré Sophocle, Anouilh, Cocteau. Andromaque, Racine. Pénélope, elle, n'inspire personne. Elle est l'héroïne du petit quotidien, si loin des grandes épopées. Elle est la femme au foyer, celle qui n'a pas d'histoire, celle qui n'a rien à raconter, l'éternelle invisible.

L'écrivaine croate Dubravka Ugrešić décrit ainsi les femmes exilées : « Quelque part à l'arrière, les femmes continuaient à pousser la vie de l'avant. Elles raccommodaient les trous pour empêcher celle-ci de fiche le camp, elles s'accommodaient de cette besogne. »

C'est ingrat de pousser la vie avec ses bras, toujours à l'arrière. De raccommoder les trous, dans un travail invisible que personne ne remarquera jamais.

Je comprends tellement l'impatience de Viktoriya, ma Pénélope. Elle refuse d'être assignée à cette place si frustrante.

Voilà pourquoi j'ai tant eu envie d'entendre sa voix, celle d'une héroïne dont le mari officier est au front, celle qui se débat avec le quotidien, les enfants, l'inscription à l'école, les papiers, la maison, la cuisine, le ménage. Tout ça, toute seule dans un pays étranger.

Viktoriya est en colère contre Pavlo. Mais sa colère est inaudible : l'Ukraine exige de Viktoriya et de toutes les Viktoriya qu'elles attendent en silence et qu'elles prennent leur mal en patience. C'est cela, être l'épouse d'un héros.

Viktoriya a proposé à Pavlo d'échanger sa place avec elle. Il resterait à la maison, elle irait à l'armée. Il n'y a pas eu le début d'une discussion, bien entendu. Ce serait non.

Quand j'ai demandé à des aumôniers militaires du Donbass ce que les soldats leur confiaient dans les tranchées, je pensais qu'ils allaient me dire que les hommes évoquaient surtout leur peur de mourir. Je m'étais trompée. Les hommes ne parlent pas de la mort, mais de la vie. De leurs couples, de leurs sentiments. Ils étaient tétanisés à l'idée que leur couple éclate. Le nombre de divorces en Ukraine a augmenté de 33 % depuis 2022.

Dans la vraie vie, Pénélope n'attend pas éternellement Ulysse.

Conversation entre Doan et Viktoriya sur Signal

D **Doan**
Mais les enfants savent pour le divorce ?

V **Viktoriya**
Oui, on en parle ! Ils sont de mon côté. Tu te souviens, je t'avais déjà dit qu'ils mettaient eux aussi la pression à Pavlo…

D **Doan**
Mais ils sont au courant que tu as demandé le divorce ?

V **Viktoriya**
Oui, je leur ai expliqué pourquoi je faisais ça. Si jamais la procédure arrive à son terme, Leon, notre aîné, s'est porté volontaire pour rentrer en Ukraine. Pour obliger son père à partir de l'armée. Si moi je reste avec les petits, et que Leon est tout seul, Pavlo n'aura pas le choix. Enfin, je crois.

D Doan
OMG. J'y crois pas… tu vas aller jusqu'au bout, alors ?

V Viktoriya
Je n'arrive pas à envisager le futur… J'espère juste qu'il va prendre la bonne décision…

Mon amour,

Je sais que tu es malade et que tu ne peux pas me répondre. Mais je vais continuer à t'écrire, cela me fait du bien. Comment vas-tu, ma chérie ? Tu vas bientôt te remettre, j'en suis persuadé. C'est dur de tenir ton rythme, avec tes obligations professionnelles, les enfants. Je te le promets, ma chérie, quand nous serons à nouveau réunis, je me rattraperai. Je le ferai, je veux le faire, c'est mon vœu le plus profond, je sais que tu ne me crois pas quand je te dis cela, mais, pourtant, je n'ai jamais été aussi honnête et sincère. J'ai eu beaucoup de temps, seul, pour réfléchir à nous, à ce que tu représentes pour moi, à ce que notre famille signifie pour moi. Je sais que tous les deux, nous ne sommes pas parfaits, parce que l'idéal n'existe pas, personne ne l'est, sauf toi mon amour, qui es la femme de ma vie, mon idéal.

Tu m'as toujours dit que j'étais un rêveur. Alors, rêvons un peu ensemble, veux-tu ? Faisons des plans, imaginons notre futur, pour lorsque la paix sera revenue. Nous avons toujours été des oiseaux migrateurs toi et moi, à voyager et vivre partout, passant de l'anglais au français, d'un pays à l'autre. Mais ce que je voudrais désormais, c'est que nous ayons, nous autres Ukrainiens, notre terre promise, une terre qui nous appartienne. Quand je dis terre promise, je ne pense pas forcément à notre territoire géographique, à notre pays, ce pays que le monde entier connaît aujourd'hui à cause de cette horrible guerre. Je parle de l'après. De mon Ukraine de demain, celle dont je rêve. Oui, ce sera difficile de la bâtir. Notre économie a été broyée. Les Russes ont détruit tant de choses sur leur passage. Nos terres noires agricoles si fertiles ont été truffées de mines : nous sommes le pays le plus miné au monde. Et je ne parle même pas des conséquences de la destruction barbare du barrage de Kakhovka… Il faudra tout reconstruire. C'est une tâche d'une ampleur immense, qui donne le vertige. Mais mon amour, cette bataille-là, nous la mènerons ensemble.

Nous nous battrons ensemble pour construire le futur de nos enfants, et tu sais bien que c'est la raison pour laquelle je ne suis momentanément pas là, à tes côtés, que je n'ai pas vu les enfants grandir l'année qui a passé. J'ai renoncé à tout cela, même si c'est une souffrance, car je savais, au fond de moi, que pour construire un avenir à nos enfants, dans cette Ukraine dont je rêve, cette Ukraine qui nouera des alliances fortes en Europe, parce qu'il ne sera plus jamais question de neutralité à l'égard du voisin russe, il fallait que j'aille combattre pour défendre notre pays. L'Occident, lui aussi, sait déjà que la stabilité est si fragile qu'elle peut être anéantie par une seule attaque de missiles. Et c'est la raison pour laquelle nous soutenir, c'est investir en Europe.

Je pense à toi, tout le temps, mon amour. Guéris vite. Achète-toi ces nouvelles lunettes dont tu m'as parlé. J'aime quand tu portes de jolies lunettes, assorties à tes beaux yeux, ma chérie. Plein de baisers,

Ton capitaine M.

Mon cher Pavlo,

Ce que tu me dis dans tes lettres me donne ce doux sentiment que nous sommes tous deux au diapason. Et alors, j'ai l'impression que nous sommes ensemble, malgré la distance.

Merci pour tes vœux. Je suis encore malade, mais je suis déjà à Londres, à la conférence sur la reconstruction de l'Ukraine. Et tout ce que tu dis sur la nécessité d'investir économiquement, d'accompagner le pays, pour l'après, tout ça a été dit lors de cette conférence. Pour moi, c'est le signe que tout le monde mise sur notre victoire. Cela me fait plaisir d'entendre tant de gens dire qu'ils se sentent ukrainiens. Je suis sûre qu'après la victoire, l'Ukraine va accorder la double nationalité à plein de citoyens venus d'ailleurs. Et ils seront nombreux, ceux qui iront s'installer dans notre pays, qui sera une terre d'opportunités, pendant toute cette période de la reconstruction. Eh oui, je crois même que ce sera un privilège d'avoir un passeport ukrainien.

Cela me fait penser à la politique russe des passeports. L'obligation d'avoir ce maudit passeport russe. C'est ce qu'ils font dans les territoires occupés. Ils contraignent les habitants à adopter le passeport russe pour justifier une invasion. Ils ont fait ça en Crimée, en Moldavie[1], en Géorgie…

À propos de passeport, on m'a raconté une histoire intéressante. Tu te souviens de ma collègue Ludmila Davis, à Paris ? Celle qui fait partie des interprètes de tout premier niveau, ceux qu'on s'arrache, mais qui est également une femme adorable, avec un cœur grand comme ça… Depuis que je suis arrivée en France, elle m'a toujours soutenue, elle m'a orientée vers des clients à elles, aidée à trouver des contrats, des missions. Je ne sais pas comment je m'en serais tirée sans elle pour gagner de l'argent et faire vivre décemment notre famille. Je lui en serai toujours éternellement reconnaissante. Donc, Ludmila. Nous étions en partance pour Londres, pour le boulot, et alors qu'à l'aéroport, nous franchissions le contrôle des passeports, j'ai vu qu'elle avait dû rester bien plus longtemps au guichet. Je l'ai interrogé. Quel passeport avait-elle donc ? C'est une histoire un peu longue, mais passionnante. Ludmila a quitté l'Ukraine avant l'indépendance. Après la chute de l'URSS, elle habitait aux

1 — Plus précisément en Transnistrie, dans la partie est du pays, contrôlée par une république séparatiste.

États-Unis, et elle était allée à l'ex-ambassade d'URSS pour demander un passeport ukrainien. Mais on lui a dit non, désolé, vous ne pouvez avoir qu'un passeport russe ! Elle était tellement frustrée !

Je suppose que dans les années 1990, beaucoup de citoyens ukrainiens qui avaient immigré ont perdu leur nationalité ukrainienne de la sorte. Que ce soit ceux qui ont décliné l'option, comme Ludmila, ou ceux qui ont accepté ce passeport russe.

J'ai appris que la meilleure amie d'université d'Iryna, qui s'est mariée avec un Tunisien et est allée vivre là-bas, était dans une situation similaire. Elle devait accepter un passeport russe, car sinon, avec seulement un passeport tunisien, elle aurait besoin d'un visa chaque fois qu'elle viendrait voir sa mère à Kyiv. Désormais, elle ne peut plus entrer en Ukraine avec un passeport russe sans une demande spéciale adressée à l'ambassade. Elle adorerait changer de passeport, mais la procédure bureaucratique est longue et compliquée.

Je me souviens encore de cette publicité qui passait à la télévision dans les années 1990, quand nous étions enfants. « Vous n'êtes pas seuls, nous sommes 52 millions. » Je me demande quel est ce chiffre, aujourd'hui. Combien sommes-nous ? Je suis contente que nous ayons quatre enfants. J'espère que beaucoup de familles en Ukraine feront comme nous et auront beaucoup d'enfants, beaucoup de futurs citoyens ukrainiens.

Ce que j'ai entendu lors de cette conférence sur la transformation digitale de notre pays m'a rendue fière. Je me souviens de l'avoir été dans une réunion sur ce sujet, en 2019, avec des experts venus d'Estonie et de Lettonie. Je vais être honnête, j'étais alors plus que sceptique ! Et je ne croyais pas un mot de ce que racontait notre ministre à ce sujet. Passeport dématérialisé, idem pour le permis de conduire, signature électronique, etc. Et pourtant ! Maintenant, l'Ukraine est numéro 1 sur ce secteur. Et ce malgré la guerre ! Toute cette stratégie d'établir une administration sans échange d'argent liquide, pour réduire la corruption, s'est avérée payante. Nos enfants pourront vivre dans un pays vraiment moderne. J'attends avec tellement d'impatience ce moment où nous pourrons reconstruire notre belle Ukraine.

Bisous,

V.

Mon amour,

Tu sais que je t'écris ces lettres d'un peu partout. J'ai rédigé ces lettres dans ma voiture, dans une chambre d'hôtel, dans un bunker et parfois même depuis un champ d'entraînement de tir, en tapant sur mon téléphone. J'adore écrire comme ça, sur le moment, je marche et je prends quelques notes, que je partagerai plus tard avec toi. Ou alors quand il m'arrive d'avoir une conversation qui me frappe, j'écris aussi, pour conserver quelques traces de cet échange. Pour toi. En fait, depuis qu'on a commencé cette correspondance, je peux dire que, littéralement, je t'écris jour et nuit. Ma rapidité de frappe sur le petit clavier du téléphone a crû de façon exponentielle ! Et toi, mon amour, quand trouves-tu le temps de m'écrire, avec tout ce que tu dois faire ? J'espère que m'écrire n'est pas un fardeau supplémentaire, que toi aussi, tu éprouves le même bonheur à partager tes pensées, tes émotions.

Je suis en ce moment assez proche de la ligne de front. Je veux dire en termes de proximité d'artillerie, de roquettes, etc. Avec la contre-offensive, nous ne pouvons pas déplacer les gars à 100 kilomètres de là, pour les entraîner. Donc, l'entraînement et le rétablissement des unités[1] se font quasi sur place, tout près des positions.

Quelques missiles ont touché Zaporizhia la nuit dernière, les mêmes que la nuit d'avant. Pour atteindre l'unité, il faut emprunter cette route dont je t'ai parlé. Au premier checkpoint, il y a encore pas mal de véhicules civils. Mais plus tu avances, moins tu en croises. Au bout de quelques checkpoints, il n'y a plus rien, la route est déserte à l'exception du ballet des camions militaires, ou des vieilles Lada des locaux, qui hoquettent et transportent leurs cargaisons ici ou là. Les voitures sont déjà bien toutes défoncées, y compris notre Jeep, avec sa plaque d'immatriculation tchèque de transit. Certains véhicules ont carrément été laissés au bord de la route, leur moteur définitivement hors service.

Cette route, elle est spéciale. Elle est comme un fil tendu entre le monde normal, le monde de la vie, et celui de la guerre.

---

1 — Le rétablissement des unités est le processus pour rétablir l'aptitude au combat des unités après des pertes infligées au front.

Il y a encore de la vie dans ces villages. Pas mal de militaires y circulent, mais aussi encore quelques habitants. Dans ces villages proches du front, tu peux entendre le bruit des tirs d'artillerie, très fort. Certains bâtiments sont complètement détruits. À travers les fenêtres pulvérisées, tu peux voir les fils et les prises électriques, dans des morceaux de murs restés bizarrement intacts parmi ce chaos. Les routes de campagne deviennent impraticables après la pluie, on n'arrive presque plus à les distinguer.

Je dois vérifier avant l'entraînement que la zone est OK pour nous. La Jeep ne peut aller plus loin, et elle s'est embourbée dans le chemin, quelque 100 mètres plus loin. Alors je grimpe sur la colline à pied. Et là, quelle vue se déploie devant mes yeux ! Incroyable. Si tu pouvais sentir le parfum de l'herbe, ce parfum d'été ! J'entends les oiseaux chanter, il y a des hirondelles, des coucous, des alouettes. Et des criquets se rajoutent au concert. Les cigognes – symbole de la paix et de la naissance – sont aussi là comme si elles nous disaient : tout ira bien.

C'est un paysage totalement idyllique. Et pourtant, en arrière-fond, j'entends le bruit intense de l'artillerie lourde. Le bruit bien reconnaissable des canons de 155 millimètres et leur tonnerre dans le ciel ensoleillé.

Quand nous réussissons à remettre la Jeep sur la route et à repartir, un engin militaire de mon unité s'arrête. Le chauffeur nous dit de ne surtout pas continuer dans cette direction. Il dit que c'est l'enfer là-bas, il vaut mieux attendre trente minutes, au moins. Il explique qu'il a bien pensé qu'il ne s'en tirerait pas cette fois. Je le remercie et je lui souhaite bonne chance.

Nous continuons donc, afin de trouver un autre emplacement pour commencer l'entraînement.

Ce que je vois autour de moi me stupéfie parfois. Mon amour, si tu savais. Malgré le tonnerre assourdissant de l'artillerie, plusieurs villageois ne sont pas partis de chez eux. Ils continuent leurs vies, entre deux bombardements. Par exemple, ils pêchent. Au son des tirs de canons et de mortiers. C'est surréaliste. D'un côté de la route, le champ d'entraînement de tirs que j'ai installé. De l'autre, ces villageois qui pêchent. Tranquillement, si j'ose dire. Leurs lignes ne frémissent que peu : il n'y a pas beaucoup de poissons. Je le comprends ; je suppose que le bruit doit les stresser.

Ma brigade est engagée dans des combats très intenses avec l'ennemi. Nos gars… Que te dire sur eux… Ils font preuve d'un héroïsme digne des épopées de la mythologie. Beaucoup ont été décorés. Certains sont tombés sur le champ de bataille, hélas. J'essaie néanmoins de penser au « bon côté » des choses, s'il y en a un. La contre-offensive avance quand même.

À la fin de la journée, je suis allé voir Serhii, un des gars de l'équipe des instructeurs à l'hôpital de Zaporizhia. Il a eu du bol, il a survécu la nuit dernière à un assaut sur les positions ennemies. Les deux instructeurs que je connais et qui font partie de cette équipe ont été blessés. Un volontaire étranger, Chris, a été sévèrement blessé : la tête, la cavité abdominale, de multiples débris de shrapnels dans les jambes, une balle dans le bras. Il a été transporté à l'hôpital. Il dormait, donc je n'ai pas voulu l'embêter. À ses côtés, il y avait Serhii, un instructeur-fusilier qui lui sert aussi d'interprète, un blond comme la paille, un quadra, qui vient de la région de Luhansk. Serhii a été lui aussi blessé, des fragments de mines dans le bras. Quand leur équipe est entrée dans la tranchée ennemie, une mine les a cueillis, directement.

À l'hôpital, Serhii se tenait debout dans une petite cour, dehors, nous attendant, le bras bandé. Il n'est plus en danger maintenant, mais il va mettre deux mois à se remettre. Il était super content de nous voir. Et nous encore plus de le voir vivant. Avec Vadym, mon sergent, nous lui avions apporté des fruits et des cigarettes. Serhii dit qu'il est né une deuxième fois lors de cette nuit. Qu'il doit une reconnaissance éternelle à cet autre gars qui a pris l'essentiel des éclats de mines… Serhii avait tout filmé sur sa GoPro, fixée sur son casque…

Oh mon amour. Nous avons regardé la vidéo ensemble. Et j'ai eu l'impression d'être dans la tranchée avec eux. Je pouvais sentir l'odeur de l'explosion. J'ai entendu Chris dire qu'il était blessé, Serhii demander à tout le monde s'ils étaient OK. Et il y avait ce gars qui gémissait de douleur. Ses jambes et un bras étaient sectionnés. Il ne parlait pas. Il respirait juste, un râle rauque. J'ai vu ses yeux, dans la vidéo, alors que Serhii, qui était encore étourdi de l'explosion et blessé lui-même, lui appliquait un tourniquet[1] sur un bras sans s'apercevoir des jambes

1 — Un garrot.

absentes. Serhii lui répétait inlassablement : « Mon pote, mon pote, regarde-moi, écoute-moi, regarde-moi… » Mais à un moment les yeux de ce soldat se sont figés, et il s'est tu…

J'ai vu tout ça dans l'écran d'un téléphone, dans une chambre d'hôpital. J'étais tellement heureux que Serhii s'en soit sorti. Et horriblement triste, en pensant à ce soldat qui a couvert ses frères avec son corps…

Quand j'ai quitté l'hôpital, il pleuvait et le soleil brillait, tout en même temps.

Je suis content de t'avoir raconté cette journée, mon amour. J'avais besoin de t'en parler. Je veux être avec toi, ma chérie. Dès que possible.

Je t'aime,

P.

Mon cher Pavlo,

Excuse-moi de te répondre si tard. J'essayais de me remettre pendant ce week-end avant un tunnel de déplacements professionnels.

J'ai été si malade et si crevée que je n'ai même pas pu accompagner les filles à la kermesse. Quelle chance qu'Iryna soit venue ce mois-ci de Kyiv pour m'aider ! Elle est géniale avec les enfants ; en ce moment, comme il n'y a plus école, elle les emmène partout, musées, expos, parcs... Ils connaissent désormais Paris bien mieux que moi ! Depuis que nous sommes arrivés, je n'ai pas eu un moment pour prendre une pause et profiter de l'instant. Quand j'étais clouée au lit, avec cette affreuse bronchite qui m'empêchait de respirer, je me suis fait cette promesse : je vais essayer de travailler moins et faire mon possible pour vivre une vie normale, sans être sans cesse dans l'urgence. Rappelle-moi cette promesse.

Je t'écris cette lettre dans un avion. Un peu comme toi, qui écris d'un peu partout. Tu vois, nous sommes décidément « les deux bottes d'une même paire », comme dit le proverbe ukrainien !

Tu sais, j'ai découvert ce que j'aimais le plus en France, après avoir parcouru en hâte cinq aéroports différents, ces derniers temps. Tu vas être étonné...

J'aime... l'eau. Oui, l'eau, toute simple. On en trouve partout, en France, et particulièrement dans les aéroports, avec des fontaines à eau, disponibles très facilement. Alors je prends toujours ma gourde, et je la remplis avant de prendre l'avion.

Je croyais avoir le Covid, tant j'avais du mal à respirer. Mais j'ai fait le test : il était négatif. C'est une bronchite. Pourtant, je me sens un peu gênée de tousser, j'ai peur de la réaction des autres… C'est tellement étrange de se dire que les restrictions anticovid n'ont été levées qu'en juillet 2023 en Ukraine. Pendant les premiers mois après l'invasion, le Covid et la guerre ont coexisté, deux réalités parallèles qui se cognaient.

Mais je préfère penser aux souvenirs plus doux qui nous lient à l'hôpital militaire que tu as vu en vidéo. L'endroit où nous nous sommes rencontrés. Une coïncidence miraculeuse, ou le destin, peut-être. Étrange que notre histoire d'amour ait commencé là, dans cet hôpital militaire de Kyiv. Je me souviens que tu m'avais remarquée, dans les amphis de la fac. Mais tu n'avais pas alors osé m'aborder. Et puis tu avais disparu. Je devais apporter des trucs à un ami de mon père qui était en convalescence. Mais je m'étais perdue, et je suis entrée directement dans l'aile où tu étais soigné. Ta jambe était blessée, une fracture interne : tu avais trop marché pendant l'entraînement à l'école militaire !

J'allais partir, je venais de comprendre que je m'étais trompée, mais tu m'as demandé si je suivais bien des cours d'interprétariat à l'université de Taras-Shevchenko…

Et me voilà, toujours à tes côtés. J'espère que je n'aurai pas à aller te rendre visite à l'hôpital. Mon Dieu, tu ne sais pas à quel point je suis terrifiée, et encore plus après les histoires horribles que tu me racontes sur tes camarades de bataillon. Je pleure toutes les nuits, quand les enfants sont endormis. Je n'arrive pas à juguler cette peur, à la garder tapie en moi.

Promets-moi que tu nous reviendras en bonne santé.

Bisous,

V.

Mon amour,

J'espère que tu vas bien, et que malgré tous tes déplacements professionnels, tu as un peu de temps pour toi. J'espère que les enfants profitent de l'été.

En ce moment précis où je t'écris, je regarde un chaton noir et blanc qui joue gaiement dans le soleil, et j'ai l'impression de voir la bouille souriante de notre petit dernier, Luka. Dire qu'il a déjà 3 ans ! Je me souviens de cette façon qu'il a de jouer et de gigoter, exactement comme les petits chatons, il roule sa tête sur le lit, et surtout il y a son rire, ah son rire… J'adore quand il me dit : « Je t'aime mon papa. » Après, il me regarde avec son sourire coquin, parce qu'il sait précisément ce qui me fait plaisir, et il répète : « Je t'aime mon papa. » Le petit chaton que je regarde vient de sauter sur un arbre, pour attraper une mouche ou un insecte, sa queue frétille avec impatience. Mon Dieu, mon Luka me manque tellement. Et toi, et Leon, et Laura, et Liubava… Je déteste quand je sombre dans ces moments de sentimentalisme, parce que vraiment, ça ne m'aide pas, mon amour. Mais bon, je crois qu'aujourd'hui, c'est ce type de journée-là. Aujourd'hui, encore plus que les autres jours, je sens que j'ai besoin d'être avec vous, avec vous tous.

C'est tellement injuste que tant d'enfants aient dû quitter leur maison, pour partir dans l'ouest du pays, ou encore à l'étranger. Parfois, je vois pourtant des bébés avec leur maman ou leur grand-mère. Ici, dans cette région où le front est si proche. Ils ne sont pas partis, ou peut-être sont-ils rentrés après des mois loin de chez eux. Des petits humains, taille mini, qui gambadent, jouent, comme s'il n'y avait pas la guerre. Leur maman est là, le soleil est là, les jouets sont là… Mais tout ça peut brutalement vriller, en une seconde, comme ce qui s'est passé à Kramatorsk, lorsqu'un missile a frappé cette pizzeria dans le centre-ville, tuant douze personnes, parmi eux trois enfants, et blessant soixante et une personnes. J'ai appris que notre amie écrivaine Victoria Amelina était dans ce café et apparemment grièvement touchée par des éclats. Je prie pour qu'elle se rétablisse.

Sur les réseaux sociaux, j'ai suivi l'enterrement de deux sœurs, Yulia et Anna, qui avaient 14 ans, et qui ont été tuées dans ce bombardement. Pendant toute l'année scolaire passée, elles avaient été évacuées, 100 kilomètres un peu plus au sud, dans une région moins exposée, mais après la fin de l'année scolaire, elles avaient eu envie de revenir dans leur ville natale, Kramatorsk, pour voir leurs parents, leur maison. Et donc, elles avaient décidé d'aller dans ce café-restaurant du centre-ville. Elles avaient juste décidé d'y passer un moment de détente, ensuite, elles seraient reparties… mais le missile russe a frappé là, avec toujours le prétexte absurde qu'il y avait là « une concentration de nazis». «La cible a été bien atteinte», a placidement répété un quelconque ministre de la mort russe, avec son visage rond de poupée.

Toute leur propagande est si dégueulasse. Au début, ils parlaient de «démilitarisation» et de «dénazification», comme s'ils projetaient sur nous leurs foutus problèmes à eux, car qui sont les fascistes militarisés, hein? Et maintenant, ils claironnent qu'il faut «sauver la Russie de l'OTAN qui veut les éradiquer de l'histoire mondiale». Pff... Je ne comprends même pas pourquoi ils ne disent pas tout simplement: «On veut envahir l'Ukraine. Et les pays voisins. Point final. On veut effacer l'Ukraine de la carte. Voilà pourquoi on envoie notre armée.» Simple et clair.

Tous les jours, il y a une tragédie comme celle de Kramatorsk. J'espère juste que ces petits gamins que je croise dans les squares vont continuer à jouer, insouciants, et qu'ils auront une longue vie heureuse. Et le petit chat aussi!

Tu sais, avec tous ces enfants qui sont partis ailleurs, à l'Ouest ou à l'étranger, les jardins d'enfants sont parfois réquisitionnés par les adultes qui font la guerre, bref, par nous, les soldats. Je me suis retrouvé dans un de ces drôles d'endroits, il n'y a pas longtemps. Sur les murs, du papier peint rose, avec des petits chiots aux têtes rigolotes, des tables et des chaises minuscules. Un drapeau ukrainien était accroché à la porte. Et il y avait des armes posées sur les petites tables à taille d'enfant. Dans les toilettes, tout était tout aussi minuscule. Je pouvais voir les noms des enfants sur les rangements de serviettes : Alina, Emma, Roman, Maxim, Mykyta, Maxim, Melania, Volodymyr, Adelina, Sophia, Tymothy, Makar, Roman, David, Anastasia... Il y avait aussi une table à langer : je suppose que cela devait être une crèche, avec des gamins encore tout petits. Certainement à peu près du même âge que Luka, quand la guerre nous a séparés. J'ai regardé la petite affiche avec toutes les règles d'hygiène à respecter pour les enfants, j'ai presque dû m'agenouiller pour laver mes mains dans le mini-lavabo... Mon Dieu, j'ai tellement hâte que tous nos mini-Ukrainiens puissent revenir dans leurs crèches, en sécurité, avec leurs papiers peints roses décorés de petits chiots rigolos !

Je pense à ces enfants, je pense à Luka, je pense à quel point c'est important pour un enfant d'avoir le droit de vivre une enfance heureuse.

Merci, ma chérie, de permettre à nos mini-nous d'avoir des moments de bonheur. Je te promets que nous serons bientôt réunis.

Je t'aime,

Ton P.

Mon cher Pavlo,

Je me sens mieux. Mais je ne suis pas complètement remise de ma crève.

J'éprouve ces mêmes sentiments que tu décris, avec les enfants. Ce manque physique quand nous sommes séparés, par exemple quand je dois m'absenter pour le travail. Oui, Luka est tellement adorable. Au téléphone, il me répète aussi : « Maman, je t'aime. » Mais il me demande tout de suite après : « Est-ce que tu es avec papa ? »

Je vais respecter la promesse que je t'ai faite. Je vais prendre une pause. Et partir en vacances cet été avec les enfants.

Je me souviens de l'été dernier, quand je les avais emmenés deux semaines voir une amie en Albanie et que nous étions ensuite allés te voir, à Lviv. Ce furent des moments de vrai bonheur, le bonheur pendant la guerre. Même les alertes antiaériennes n'ont pas réussi à ternir ce sentiment de bonheur et de complétude : nous étions tous ensemble, enfin.

Cette année, j'aurais voulu les emmener à la mer, mais les prix sont vraiment déraisonnables.

Les enfants préféreraient de toute façon aller en Ukraine, pour te voir. J'essaie de leur expliquer que c'est impossible pour toi de prendre quelques jours, du fait de la contre-offensive. Que la seule possibilité serait que tu quittes l'armée. Tu sais que c'est mon rêve le plus cher. Mais je suis réaliste quant à ta position actuelle…

Peut-être que je devrais les emmener à la montagne. Qu'en penses-tu ?

Je me souviens de nos vacances d'été à Lazurne, près de Kherson, en 2021. Nous nous étions tellement enamourés de ce lieu que nous rêvions d'y monter un festival en plein air ! Pour remplacer ce merveilleux festival de jazz, le festival Jazz Koktebel, en Crimée, qui n'existe plus depuis l'occupation… Et nous avions visité Skadovsk et l'île de Dgarylgach. Cette île si spéciale, une île déserte, avec la mer turquoise comme aux Maldives.

Mon esprit, mon âme se refusent à l'idée que tous ces endroits merveilleux soient aujourd'hui occupés par les Russes. Qu'il y ait la guerre dans ces lieux paradisiaques. Crois-tu que nous pourrons à nouveau emmener les enfants là-bas, regarder la mer ?

Liubava et Leon se souviennent encore des fabuleuses pastèques que nous y avions mangées. Chaque fois que nous mangeons une pastèque ou un melon, ils en reparlent toujours : les pastèques ou les melons français sont certes très bons, mais ceux de Kherson sont meilleurs. Oui, ces pastèques étaient incroyablement délicieuses. Mais cette année, il n'y en aura pas. Et les prochaines années non plus. À cause de l'explosion du barrage de Nova Kakhovka.

J'ai vu une vidéo hier qui prouve à quel point nous sommes invincibles !

Un fermier, avec de l'eau jusqu'aux genoux, était en train de cueillir ses patates, sous l'eau. Il plongeait les mains dans la terre, et tentait de récupérer les pommes de terre, tout ça avec 50 centimètres d'eau. À côté, un chariot plein de ces patates sous-marines ! Il disait qu'il était crevé, qu'il avait besoin de faire une pause, mais qu'il ne lui restait plus qu'une vingtaine de mètres à cueillir. Il se reposerait après.

Je ne crois pas encore t'avoir raconté que mon histoire familiale était elle aussi associée à des pastèques. Quand mon arrière-grand-père est revenu de la Première Guerre mondiale, là où était sa famille, dans la région de Poltava, il décida d'essayer quelque chose d'un peu exotique. Alors il planta des pastèques sur ses terres. Puis il les récolta pour aller les vendre dans les grandes villes. Toute la famille travailla très dur aux champs, mais devint riche, grâce à ces fameuses pastèques. Ils achetèrent même une voiture ! C'était un événement extraordinaire pour le village. Hélas, les Soviétiques débarquèrent. Ma famille fut considérée comme « *kurkul*[1] ». Les communistes voulaient que tout le monde soit égal… Alors ils confisquèrent les biens individuels, les équipements agricoles, les cheptels d'animaux. À partir de ces biens confisqués, ils tentèrent d'établir une ferme collective[2]. Tandis que les *kurkul*, ces travailleurs qui avaient bossé si dur et qui avaient

---

1 — Le nom qu'on employait pour désigner ceux qui avaient eu le malheur de gagner de l'argent avec leur travail.

2 — On appela cela la *rozkurulennia*, la confiscation de la propriété privée.

eu le malheur de réussir, furent déportés en Sibérie. Ma famille est parvenue à s'échapper de ce train qui la déportait en Sibérie. Ta famille, je ne le sais que trop bien, n'a pas eu cette chance. Je me souviens que quand j'étais petite, je demandais toujours à mon père ce qui était arrivé aux fameuses pastèques. Il m'expliqua alors qu'elles avaient dépéri dans la ferme collective. Il n'y aurait plus jamais de pastèques.

Bref, voilà mon rêve. Me gaver des pastèques succulentes de Kherson, si rouges, si sucrées, dans Lazurne libérée, et regarder nos enfants se baigner et faire les fous dans la mer Noire. L'année prochaine, j'en suis sûre !

Bisous,

V.

Bonjour ma *divtchynko*,

Aujourd'hui, je n'ai pas grand-chose à t'écrire. Je n'ai pas envie de parler de nouveau des blessés ou des tués. Et je ne trouve pas très passionnant d'évoquer les quelques kilomètres carrés que nous avons libérés avec la contre-offensive.

On voudrait tous tout obtenir d'un coup. On voudrait que les Orques russes[1] se retirent totalement de Zaporizhia, comme ils l'ont fait de Kharkiv ou Kherson l'automne dernier. On voudrait enfoncer leurs lignes de défense d'un coup, on voudrait les réduire en poudre, les écrabouiller de nos poings blindés. Ce serait tellement formidable. Nos généraux gagneraient des décorations à épingler sur leur poitrine, nos gars éviteraient de récolter des prothèses pour remplacer leurs membres mutilés. Ou de partir dans un cercueil.

Aujourd'hui, je suis en colère. Y compris contre moi-même. C'est difficile d'expliquer avec des mots, que je n'arrive d'ailleurs pas à trouver.

J'ai parlé à des gars qui revenaient du combat et s'étaient dissimulés dans des zones boisées, à quelques kilomètres de la ligne de front, là où nos unités se replient après l'assaut et reconstituent leurs forces quand il y a eu des pertes – du matériel endommagé, des soldats blessés…

---

1 — Référence aux créatures maléfiques issues de l'univers de l'auteur britannique J. R. R. Tolkien.

Il faut éviter à tout prix que les chars ou les canons soient repérés par les drones ennemis. On camoufle comme on peut, en restant pendant des heures dans une zone plutôt boisée, avant de continuer à bouger, pour être sûrs que les drones ne nous trouveront pas.

Les drones sont redoutables. C'est comme si nous étions en permanence observés du ciel par nos ennemis, par des yeux mécaniques, sans vie, qui peuvent fondre sur nous à tout moment. Il y a des drones de reconnaissance et de surveillance, tels que le SuperCam S350 ou le Orlan-10 : ces derniers peuvent être annonciateurs d'un bombardement imminent. Il y a aussi les drones de frappe comme le Lancet : celui-là est terrible, il cible les engins blindés et il est capable de faire beaucoup de dégâts. On voit désormais voler des drones civils, conçus initialement à des fins industrielles, qui, après quelques modifications, peuvent larguer des charges explosives comme les grenades.

Il existe aujourd'hui des milliers et des milliers de drones. La moitié du stock mondial des drones industriels doit voler actuellement dans le ciel ukrainien. De notre côté aussi, nous y recourons massivement.

Le Leleka-100[1], fabriqué en Ukraine, est notre drone de reconnaissance favori. Oui, nous sommes bel et bien dans une guerre de drones, la première du genre[2].

Et parfois, je sens comme une fatigue silencieuse qui nous envahit tous – pas seulement les militaires. Alors, certes, c'est sympa qu'on t'offre des hot dogs et du café quand tu débarques avec ton treillis militaire dans une station-service. Tu commandes et à la fin, à chaque fois, la caissière te sourit et dit : « C'est gratuit pour les soldats. » Toi, tu sors, tu manges ton hot dog, tu avales ton café sans trop faire attention au goût, tu sens l'odeur de ta sueur dans la chaleur étouffante. Tu te dis que tu aimerais faire une lessive. Faire l'amour. T'échapper quelque part, très loin. Dans un endroit où on achète des hot dogs et du café dans des stations-service avec de l'argent, un endroit où il n'y a pas la guerre.

---

1 — Leleka signifie « cigogne ».

2 — Sur les réseaux sociaux, de nombreux Ukrainiens organisent des collectes de fonds, par exemple pour leur anniversaire, afin d'acheter des drones civils et les envoyer au front.

Je crois que nous sommes tous en train de prendre conscience de qui nous sommes, au plus profond de nous. C'est une prise de conscience assez douloureuse, en vérité. Je n'avais absolument aucune envie de plonger en moi-même et de découvrir toutes ces choses tapies en moi, ces ombres noires qui me hantent. Qui me susurrent qu'il n'y a pas de recette magique dans la vie. Que nous avons été naïfs de vivre si longtemps dans l'innocence, dans l'illusion de la paix ! Nos grands-parents ont été déportés dans des camps, nos parents ont été réduits au silence, opprimés par le régime communiste. La guerre n'a rien de nouveau pour notre peuple. Elle ne remet pas les compteurs à zéro. Elle ne fait qu'ajouter un poids, invisible mais bien présent. Non, je ne suis pas un flocon porté par la brise, une feuille morte qui vole au vent mauvais, deçà, delà, comme dans le poème de Verlaine.

Je ne peux plus ignorer ce poids en moi. Tout est désormais lourd. Et ce fardeau me pèse, m'encombre. Mais j'ai aussi l'impression qu'il m'enracine dans le présent, dans le passé, et tu sais bien qu'il n'y a pas de futur sans passé, n'est-ce pas ? Que faire de tout ça, *divtchynko* ? Je ne sais pas. Mais je sais que toi aussi, tu as eu la même prise de conscience. Que tu dois aussi, comme nous tous, vivre avec ce poids…

Heureux ceux qui peuvent rester légers, heureux ceux qui peuvent ignorer le fardeau du passé, ils n'auront pas à le porter sur leurs épaules jusqu'à la fin de leur vie. Nous, les Ukrainiens, sommes un peuple condamné à porter ce poids. Nous avons enduré tant de souffrances pendant des siècles. Nous n'avons pas demandé à porter ce fardeau. Mais il est là. Et je m'interroge : quel sera le prix définitif qu'il faudra payer, collectivement, si moi, je ne veux plus de hot dogs gratuits à la station-service ?

Je voudrais te parler de la guerre avec rationalité, évoquer les tactiques militaires, les formations de combat, les phases, les forces et les moyens, les actions de démonstration, les positions principales, de réserve, de sauvegarde et les fausses positions, bref, tout ce tintouin. Mais au lieu de ça, je me noie. J'ai l'impression d'être la pierre de Sisyphe, qui roule et tombe dans un précipice obscur, les tréfonds de l'être humain. Dans ce trou, c'est tout noir. C'est si profond. Vertigineux. Et pourtant, dans cette béance, je sens une force brutale, primitive, avec laquelle je sais que je vais devoir apprendre à vivre après la guerre. Toi et moi, nous avons découvert en nous cette force dont nous ne voulions pas.

Divtchynko, tu es ma douce, ma tendre, ma fragile. Viens à moi. Laisse-moi t'embrasser et t'enlacer, te montrer combien je t'aime. Donne-moi ta peine et tes chagrins. Je veux les dissoudre en moi.

Je t'embrasse, *divtchynko*, tout doucement mais très longtemps,

Ton P., en plein trouble

Mon cher Pavlo,

Je ressens toute ton anxiété à travers tes mots. Moi aussi, je me sens comme toi. Inquiète. Angoissée.

Tu sais, juste après avoir reçu ta lettre, j'ai appris que notre amie Victoria Amelina était morte à l'hôpital.

Mon Dieu. Le cercle des écrivains tués par les Russes est en train de devenir de plus en plus grand.

Je me souviens qu'en novembre dernier, j'avais été interprète au sein du Parlement européen ou notre ami poète Serhii Zhadan a été invité à s'exprimer. Il avait annoncé que ce jour même, il avait appris que Volodymyr Vakulenko, le poète et écrivain de littérature jeunesse, de la région de Kharkiv, était mort.

Il était porté disparu depuis plusieurs mois. Il a été kidnappé par les Russes, puis torturé et finalement tué. Il avait écrit un journal de l'occupation, l'avait caché sous terre, sous un cerisier, juste avant d'être kidnappé. C'est Victoria qui a retrouvé ce journal, qui l'a rendu public. J'avais croisé Victoria en avril à la Foire du livre de Londres. Elle travaillait sur les crimes de guerre commis dans l'est de l'Ukraine. Lors d'une conférence, elle a évoqué cette nouvelle « Renaissance ukrainienne exécutée », ces actes commis par les Russes et qui rappelle une page sombre de notre histoire.

Tu te souviens que ta dernière lecture de poème avec une poétesse, Tetiana Vlasova, avant l'invasion de 2022, avait eu lieu dans l'immeuble Slovo[1] à Kharkiv ? C'est vraiment tellement russe, tellement cruel d'avoir utilisé un tel immeuble pour rassembler tous les écrivains dans les années 1920, pour pouvoir plus simplement les tuer et s'en débarrasser. Il y a un autre immeuble de ce genre, à Kyiv. Dans les

1 — Slovo signifie « mot » en ukrainien.

années 1930, le NKVD[1] venait arrêter tous les écrivains et artistes ukrainiens, soit pour les tuer, soit pour les déporter dans les camps de Solovki, un à un, sous l'accusation de « nationalisme ». On appela cette période la « Renaissance ukrainienne exécutée ». Cette époque où méthodiquement toute l'élite intellectuelle ukrainienne fut éliminée. Nous sommes en train de vivre exactement la même chose. Volodymyr Vakulenko a été torturé et abattu pour cause de « nationalisme ». La liste des artistes qui ont péri pendant cette guerre s'allonge de jour en jour. Et voilà que l'impensable arrive : Victoria est sur cette liste.

L'éditeur Bilka va commémorer la mémoire de leur auteur Hlib Babich qui a été tué pendant la guerre, en organisant un concours de poésie et de prose. Il veut également publier une anthologie de textes de guerre, prose ou poèmes. Je viens de recevoir les poèmes d'Ihor Mysiak que tu connais, que mon agence représentait. Il les avait envoyés à un ami, au cas où. Et maintenant, Ihor est mort lui

---

1 — La police secrète, ancêtre du KGB (principal service de renseignement de l'URSS post-stalinienne) et du FSB (Service fédéral de sécurité de la fédération de Russie).

aussi. Je n'aurai de cesse de trouver de l'argent pour publier le recueil de poèmes d'Ihor, pour honorer sa mémoire.

J'espère que les artistes qui survivront ne resteront pas silencieux. J'espère que leurs voix se feront entendre dans le monde entier. Je ne crois pas qu'ils soient obligés de n'écrire que sur la guerre, non. Mais je veux qu'on entende leurs voix. Tu sais bien que je me bats depuis des années pour réparer cette injustice : la littérature ukrainienne est sous-représentée dans le monde, très peu traduite, écrasée par la littérature russe. Leur propagande a été si efficace, ils ont l'argent, les soutiens… Et ça se ressent, encore aujourd'hui, dans tous les festivals littéraires du monde entier : les Russes sont partout. C'est à nous, Ukrainiens, de changer la donne. Alors je t'en supplie, n'arrête surtout pas d'écrire. Je sais que c'est difficile, de là où tu es, mais continue. Tu en as la force. Envoie-moi quelques chapitres de ton prochain roman, quand tu le pourras. J'ai beaucoup aimé ton dernier poème.

Bisous,

V.

Drone Leleka

Je regarde des vidéos YouTube sur les drones russes Lancet pour m'instruire. « C'est comme si l'ennemi te regardait sans cesse, comme s'il avait plein d'yeux dans le ciel. C'est épuisant psychologiquement de se sentir surveillé en permanence », me dit Pavlo. J'ai l'impression d'être cet œil inquisiteur, dans notre trio. L'œil qui observe et qui surveille Pavlo et Viktoriya en permanence.

Les lettres de Pavlo débordent de « je t'aime ». Il n'hésite pas à exprimer ses sentiments pour Viktoriya, comme s'il n'y avait pas de tiers entre eux deux, à tel point que j'ai presque l'impression qu'il en oublie que je suis là, une intruse, à le lire. Viktoriya est plus réservée. Ses lettres arrivent goutte à goutte. Elle n'avait jamais pensé se livrer ainsi, c'est un exercice étrange pour elle, m'explique-t-elle ; elle a bien conscience que je la lis, que d'autres la liront… Pavlo répète sans relâche qu'elle est « la femme de sa vie ». Viktoriya, pudique, se contente d'un « mon cher Pavlo », au début de ses lettres.

Je n'ose pas poser de questions trop directes, mais dans les lettres, je guette les indices. Est-ce que Pavlo a pris sa décision ? Va-t-il oui ou non quitter l'armée ? Et le divorce ? Je suis un drone de reconnaissance et de surveillance, qui analyse chacun de leurs mots. Je pose des questions, je commente leurs phrases. Je frémis à certaines lettres de Viktoriya, où je la sens fatiguée, déboussolée. J'ai relu maintes fois le passage de la dernière où elle envoie à Pavlo cette estocade : « Je ne peux même pas dire que j'ai confiance en toi. » Je n'ose pas l'interroger directement sur ses sentiments. Et quand Pavlo écrit « en dépit de tout [...] aime-moi en retour », je me demande ce qu'ils se sont dit, entre les lettres...

« Alors, si tu es un drone, tu serais Leleka, dit Pavlo, c'est le nom de notre drone ukrainien : le Leleka-100. » Qui, m'apprend Wikipédia, peut voler jusqu'à 1 500 mètres d'altitude, pendant deux ou trois heures. *Leleka*, qui veut dire « cigogne ». Ces gracieuses cigognes que j'ai vues un peu partout, dans le Donbass, perchées sur les toits. Le symbole du foyer, du bonheur et de la paix retrouvée.

Mon amour, mon rayon de soleil, comment vas-tu ?

Aujourd'hui, j'ai vu le visage d'un garçon mort, qui avait péri au front, et dont le corps était resté là pendant plus de dix jours. Les combats ont été si intenses que nous n'avons pu récupérer son corps tout de suite. Il a fallu attendre que nous puissions avancer un peu plus loin, en faisant reculer les positions ennemies. C'était un tout jeune homme. Sa peau était déjà toute desquamée, comme celle d'un serpent. Il était encore en uniforme, il y avait encore des cheveux sur son crâne, mais sur ses joues, on pouvait voir des crevasses, brûlées par le soleil impitoyable du sud de l'Ukraine. Il y avait encore un tourniquet sur sa jambe blessée… Non, rien n'a changé depuis la Première Guerre mondiale. Rien n'a changé depuis que les hommes ont commencé à s'entretuer. Maintenant, ce garçon ne vit plus que dans nos mémoires. C'était un beau jeune homme, avec un sourire avenant. Il a été embrassé par le soleil de plomb, un baiser brûlant, et ce baiser a été si vorace qu'il altère le souvenir que j'ai de son visage.

Tu sais, je me souviens du dernier Nouvel An. Le 31 décembre 2022. Un Nouvel An sans toi. Ils m'ont laissé rentrer à la maison, à Kyiv, avant de partir pour une longue mission. C'était l'occasion de célébrer pour ainsi dire une nouvelle année de guerre.

Et donc, me voilà en ce 31 décembre. Je suis seul, je marche le long de la rue Reitarska. À l'ambassade de France, les fenêtres sont illuminées. Les Français vont certainement y fêter le réveillon : avec la guerre, les restaurants et les bars ferment à 21 heures. Je vais à mon « spot » préféré, comme nous l'appelons entre amis. Je vais boire un merveilleux grappa de muscat avec les serveurs, qui sont devenus des quasi-copains. Bien sûr, nous trinquons à la victoire. Bien sûr, ils m'offrent un verre gratuit. Bien sûr, il n'y a plus de grappa de muscat, alors je prends un sauvignon blanc. Nous trinquons avec le serveur qui a les joues potelées, et il y a aussi un autre monsieur, que je n'ai jamais vu ici. C'est le réveillon. Il faut être joyeux. Je trinque à la victoire une nouvelle fois. Mes compagnons trinquent aussi. Avec enthousiasme. En ce moment, on trinque toujours soit à la victoire, soit en mémoire de nos camarades tombés au front.

Plus tôt dans la journée, pour la première fois depuis seize mois j'étais allé voir notre ancien appartement, celui où nous vivions au début de notre mariage. Dans l'immeuble, pile dans l'entrée, une fenêtre était pulvérisée : le jour d'avant, il y avait eu une attaque de missiles dans le quartier. C'était la fenêtre toute ronde, au-dessus de la porte d'entrée, tu te souviens ? Ce vieux truc en bois qui datait de la période soviétique. Voilà comment la guerre est entrée chez nous, par le perron. Toutes les autres fenêtres étaient intactes. Mais j'ai néanmoins dû marcher sur le verre brisé pour rentrer chez nous.

Je me souviens qu'il y avait une pile énorme de factures, et même une lettre venue de France dans la boîte aux lettres. Cela fait si longtemps que personne n'avait ouvert la boîte. L'ascenseur était tout sombre, pas la moindre lumière, l'obscurité la plus totale. Sinistre. Je n'aurais pas aimé rester coincé là le soir du réveillon, même si aujourd'hui, il faut se tenir prêt pour tout. *Divtchynko*, tu ne peux pas imaginer ce que j'ai ressenti quand je suis arrivé à la porte de notre appartement. C'était exactement comme avant. Quand nous étions très jeunes. Te souviens-tu ? Quelques années après avoir déménagé de cet endroit, les ouvriers avaient effectué des travaux dans les parties communes, et ils avaient taché la porte avec de la chaux. Il y a toujours des traces de chaux sur notre porte. Comme le fantôme des jours heureux.

Quand cet appartement était devenu trop petit, avec l'arrivée de Laura, nous avions dû déménager et louer autre chose. Nous l'avions alors loué à notre amie « Cuba ». Il y a toujours le portrait de Cuba à l'entrée, mais elle n'est pas là, elle est au front comme *fight medic*[1]. Son fiancé a été tué il y a quelques semaines.

Notre appartement n'avait pas l'air « occupé ». Mais pas non plus « libéré ». Je pouvais voir notre canapé. Et aussi le tapis que nous avions acheté il y a très longtemps : ton père disait que nos enfants ramperaient dessus. Et c'est ce qui s'est produit plus tard, quand les enfants sont arrivés. Et maintenant, tout cela, c'est le passé. Je me souviens quand nous avons transporté ce tapis. Et il y avait aussi ma barre de traction, sur laquelle je m'entraînais, que j'avais fixée moi-même au mur, avec des grosses chevilles bien solides.

Dans le salon, il y avait encore le chandelier que j'avais construit : tu te souviens, chaque jour après

---

1 — Aide-soignante militaire.

le boulot, je passais vingt minutes à assembler les pièces bout à bout, comme un jouet Lego. Quel âge avions-nous alors ? 26 ans ? Et ensuite, nous avions accroché cet immense chandelier au plafond, à 3,5 mètres de hauteur, avec le poète Ivan Lir O' Li, après quoi nous avions célébré l'événement ! Ivan n'est plus parmi nous. Il a rejoint le club des 27. Oui, c'était un poète et un artiste merveilleux qui n'a pas vu toutes ces horreurs qu'allait infliger la Russie. Des moments de vie, des moments de jeunesse. J'ai aussi remarqué un trou dans la porte qui menait à la chambre, un trou fait par un poing : la vie de notre amie Cuba a toujours été pleine de passions ! Tu sais, chérie, finalement, ça n'a pas tellement changé. C'est toujours mignon et confortable.

Je me suis suspendu à la barre. J'ai fait quatorze tractions. J'ai ouvert la lettre de France. Datée du 17 février 2022. Une lettre du passé que je n'avais jamais ouverte jusque-là. La guerre avait commencé, avant même qu'elle ne nous arrive, cette lettre, nous projetant tous dans d'étranges odyssées. C'est drôle quand même que la poste nous l'ait fait parvenir. En pleine guerre. Chapeau.

Donc, tu vois, en ce jour de réveillon, *divtchynko*, j'ai rendu visite à notre jeunesse. Un joli cadeau pour la nouvelle année, non ?

Et aujourd'hui, quelques mois après ce réveillon, je vois le visage d'un jeune homme mort. Des souvenirs. Nous ne serons bientôt plus que des souvenirs.

Je t'aime, *divtchynko*. Comme tu es belle.

À bientôt,

P.

Bonjour, ma chérie,

J'espère que tu vas bien, que tu te reposes à la maison, à Paris, que tu vois nos amis. C'est drôle, je commence à dire « à la maison » quand je parle de Paris. C'est un endroit merveilleux, certes, un endroit qui fut la « maison » pour nous, quand nous y avons habité, mais cela me faisait du mal de dire « la maison », même si c'est votre maison, depuis 2022… Je n'arrivais pas à dire « la maison », mais pourtant, oui, je le reconnais aujourd'hui, et j'arrive à dire que c'est « la maison », parce que je crois que tu es plus heureuse là-bas, avec les enfants. Et Paris, toi et les enfants, c'est devenu le synonyme de « maison », un concept un peu flou, car je ne sais plus très bien où est ma maison… Peut-être parce que cette guerre dure déjà depuis si longtemps que je ne peux pas, que je ne peux plus te forcer à évoquer notre appartement de Kyiv que nous avons quitté comme « la maison ». On ne peut pas « être à la maison », « rentrer à la maison », dans un endroit qu'on a quitté depuis longtemps ?

Aujourd'hui, notre fils Leon m'a envoyé une photo du bus, il revenait d'une sortie scolaire, je lui avais demandé un selfie, et tu sais, je l'ai à peine reconnu. Il grandit si vite. Il se métamorphose. Et c'était frappant de m'en rendre compte si brusquement, sur cette photo. Oui, j'ai été absent si longtemps. Loin de ma famille. Et je ne peux rattraper ces moments de leur enfance, où ils ont changé si vite, si profondément. Sans moi.

Maintenant, mes nuits sont peuplées de rêves qui n'ont plus rien de rêves d'enfants… Il y a quelques jours, j'ai rêvé d'une rangée d'hommes pendus. Je sortais, je coupais les cordes nouées autour de leurs cous, et leurs cadavres tombaient au sol, comme des poires trop mûres. J'étais indifférent à ces corps. Je me contentais de couper les cordes. Les corps étaient encore tout frais, on comprenait que ces hommes étaient morts tout récemment. Je n'avais aucun sentiment. C'était comme si ces corps étaient de simples mannequins, lourds et encombrants. Rien de plus.

Mais la nuit d'avant, quand j'ai dormi dans la tranchée, en plein champ, mes rêves ont été pires. J'ai rêvé que des Orques russes attaquaient notre position. Ils étaient atrocement nombreux. Ils couraient comme des zombies sur nous. Je ne sais pas pourquoi, mais j'étais dans la position du mitrailleur, peut-être parce que le mitrailleur était mort, et c'était moi qui devais tenter de les dégommer, bam bam bam, j'en dégommais trois ou quatre d'un coup, et je me disais les connards, voilà, incapables de tenir la ligne de front, je les aurai tous ! Mais hélas, ils se multipliaient, ils étaient trop nombreux, ils continuaient à accourir, et je me rendais compte que, seul, je n'arriverais pas à tous les éliminer. C'est à ce moment que le sergent est arrivé et m'a réveillé, en me secouant l'épaule. J'étais soulagé. Heureusement, nos ennemis sont des hommes en chair et en os, et pas des zombies qui se multiplient.

Je me souviens de mes rêves si doux avec toi, mon cœur. Ta tête est sur mon épaule, après l'amour. J'ai écrit des poèmes sur le son de ta respiration, quand tu t'endors sur mon épaule, si calme, si belle. Ma maison, c'est là où tu te trouves. Je comprends que nous ne pourrons pas revenir en arrière, retrouver ces moments magiques de notre passé, je sais que ces dix-huit mois que j'ai perdus, loin des enfants, je ne les récupérerai jamais ; je sais aussi que je ne peux pas ramener à la vie ceux qui ont péri au combat. Mais je crois en notre futur. Je bâtirai à nouveau notre « maison ». Ce qui sera notre maison. Je sais, mon amour, que tu as peur de ce qui se passera quand je rentrerai, après cette longue séparation. Moi aussi, parfois, je m'inquiète. Mais mon souhait le plus cher, c'est de pouvoir continuer à rêver avec toi, à avoir de merveilleux rêves ensemble pendant la nuit et des rêves où nous rêvons de notre futur pendant la journée.

Je suis sûr que nous y parviendrons, mon amour. Cela ne sera pas comme avant, ce sera encore mieux. Je ne m'autorise pas encore à rêver, maintenant, parce que tout change si vite, et de façon si inattendue. Mais quand je serai de retour, nous aurons tout le temps du monde pour rêver, tous les deux. Je te donnerai le temps de découvrir mon nouveau

« moi », je prendrai le temps de découvrir ton nouveau « toi ». Nous prendrons le temps. Et nous construirons ensemble notre maison. Je le sais, ma chérie. J'espère que tu me crois.

Je t'aime tendrement,

Pavlo

Mon cher Pavlo,

J'ai peur de penser au futur. Tu le sais bien. Je te l'ai dit à maintes reprises. Le futur est désormais si imprévisible. J'envie tellement ceux qui sont aujourd'hui capables de prévoir quelque chose un an ou deux en avance. Quel privilège. La guerre nous a privés de ça : la possibilité de nous projeter dans le futur. C'est pour moi le fardeau le plus lourd que nous devons porter.

Je ne peux même pas dire que j'ai confiance en toi. Que je crois en tes mots. Tu te souviens ? Tu avais promis aux enfants que nous pourrions fêter ton anniversaire, celui de tes 40 ans, ensemble. C'est le 21 juillet, dans une semaine. Tout indique que tu ne pourras pas respecter ta promesse. Je ne sais que leur répondre. Je crains que tu ne te rendes pas compte qu'à force, tu risques de perdre la confiance de tes enfants. Je sais que tu espères que, plus tard, ils comprendront pourquoi, à chaque fois que tu leur donnais une date de retour, tu ne pouvais pas la respecter. J'aimerais tellement que nous puissions prévoir de longs voyages à l'étranger, vers des destinations lointaines, comme avant. Cela me semble insensé d'avoir été cette personne qui était capable de trouver des billets d'avion pour la Malaisie, six mois en avance, pour un grand voyage en famille, avec 80 % de réduction pour les enfants... Je peine à croire que nous avons crapahuté dans trente pays avec nos enfants... Maintenant, je ne peux plus rien prévoir à un horizon de quelques semaines. Je ne sais même pas où nous irons cet été avec les enfants.

Et sinon, tu me parles de tes rêves, mais moi, tu sais, je ne rêve plus la nuit. Plus rien. Ni de mauvais rêves ni de ces rêves si colorés, si vivants, que j'avais avant la guerre. Mais je me souviens avec acuité de ce rêve récurrent que tu m'as raconté à plusieurs reprises ces dernières années. Dans ce rêve, tu étais en tenue militaire, à nouveau, tu marchais quelque part, tu retrouvais une unité et tu faisais ton rapport à un général. Il y a dix ans, ce rêve me semblait si incongru, alors que tu avais coupé tout lien avec ta formation à l'école militaire, que tu étais désormais un civil. Aujourd'hui, ce rêve me semble prémonitoire, si réel. Et je me demande si nous sommes capables de voir l'avenir dans nos rêves.

J'ai parfois eu l'impression que tu avais ce don-là, le don de prémonition, un don qui m'effraie quelquefois, je l'avoue. Dans ton tout premier recueil de nouvelles, en 2009, tu avais raconté une pandémie avec une campagne massive de vaccination, tu avais aussi raconté la guerre entre la Russie et l'Ukraine. Bien sûr, la réalité n'a pas été exactement telle que tu la décrivais dans tes nouvelles, mais tout de même, quand j'y repense, cela m'intrigue…

Je relisais quelques-uns de tes poèmes. Et je crois que j'y ai trouvé la réponse à cette question lancinante : quand est-ce que l'Ukraine gagnera la guerre ?

Dans ton poème, tu parles de Jésus, mais je veux croire que Jésus, c'est une métaphore qui pourrait s'appliquer à l'Ukraine.

Ton poème disait :

Sais-tu pourquoi je ne peux écrire sur la guerre ?
Parce qu'il y a si peu de ma faute à moi, là-dedans.
Parce que je n'ai pas vu à quoi ressemblait un
cadavre, une montre accrochée à son poignet
Qui, après le bombardement, sera récoltée par un
marchand de mort silencieux.

Parce que d'étranges et mystérieuses croix
fleuriront dans nos champs
Bon, d'accord, elles ne fleuriront pas, personne ne
sait où les planter
Et même si je le savais, qu'est-ce que ça changerait ?
Tout ce que l'œil d'un mort voit, c'est la confusion

Aussi inaccessible que des ondes longue distance
Comme des bannières flottant dans le vent,
perchées sur les sommets les plus hauts.
Comme la vérité qui ne peut être touchée
par un boson
Cette confusion est plus pure qu'un rêve.

Alors j'écrirai plutôt sur le monde injuste et sauvage
Dirigé par un satyre obscène et indifférent
Dans un monde où la guerre n'existerait pas

Où l’entropie vole comme un cheval de Satan

Comme s’il n’y avait ni lacs, ni mares sombres
Où reposeraient les éclats d’obus ayant touché
    à la chair humaine
Comme si toutes les montres trouvaient
    leur chemin
Au lieu de finir leurs vies sur les bras croisés
    d’un cadavre.

Il est plus facile pour moi d’aller vers la lumièrc
Où des chiens bien nourris ne sont jamais
    ni malades ni trop vieux
Où l’on prend les enfants d’autrui et on s’en occupe
Où les clés ne sont pas nécessaires car il n’y a pas
    de portes

Pourtant, le paradis n’est pas cet endroit où tout
    le monde est heureux
Les sages n’ont jamais voulu se baigner
    dans cette beauté
La beauté, elle apparaît quand on s’échange
    une dernière gorgée
Et l’un la tend à l’autre, à celui qui s’est déjà tu.

Et je sais que ce n'est point de ta faute
Tu peux me dire avec raison, arrête.
Écoute, dans la trentième année de paix,
   il est temps d'aller au-delà de ce mur
Parce qu'à 33 ans, un jour, un homme avait déjà
   gagné sa guerre.

Voilà comment se finit ton poème. Sur cet homme de 33 ans, Jésus, qui a déjà gagné la guerre.

L'indépendance de l'Ukraine a été proclamée en 1991, l'Ukraine aura 33 ans en 2024. Je veux croire que dans ton poème est encodé ce message secret : ce sera l'année de notre victoire.

Je pense que je n'arriverai à me projeter dans le futur qu'après la victoire de l'Ukraine. Et quant aux plans de court terme, je ne parviendrai à en avoir que lorsque tu nous rejoindras, mais pas une minute avant.

Je t'attends. Avec tant d'impatience en moi. Je t'aime immensément.

Bisous,

V.

Bonjour mon amour,

La vie est si belle et si imprévue. Tout le monde le sait. Tout le monde le dit. Et moi, je le sais de source sûre, car je l'ai constaté de mes propres yeux : j'ai été au paradis et en enfer en l'espace de quelques heures. Quelle journée surréaliste. Je ne sais toujours pas comment tout ceci peut coexister, à quelques kilomètres de distance. Comme si des anges et des démons s'effleuraient de leurs ailes.

Désolé, je t'écris comme ça de but en blanc, sans même te demander comment s'est passée ta journée, mais mes émotions sont encore toutes fraîches. Dis-moi, comment vas-tu, ma chérie ? Es-tu prête à aller visiter avec moi le paradis et l'enfer, tout ça dans cette lettre ?

Aujourd'hui, nous avons terminé notre entraînement un peu plus tôt, à cause des températures torrides, 40 °C à l'ombre… Les soldats, harnachés avec les casques, les gilets pare-balles, les armes, se fatiguent beaucoup plus vite et nous devons éviter de les épuiser à l'entraînement, pour qu'ils soient prêts, vite, à partir à l'assaut. Donc je les ai laissés plus tôt, pour une session d'entretien et nettoyage d'armes : pour eux, cela signifie en gros un temps de repos. Et moi, j'ai décidé d'aller courir à Zaporizhia, pour maintenir mes performances et mes statistiques de course sur ma montre Garmin ;-) Je veux surtout m'habituer à la chaleur. Je sais, tu t'inquiètes pour mon genou, mais je te promets, j'avais ma genouillère de maintien pour préserver mes articulations et j'ai essayé de ne pas aller trop vite, pour ne pas le malmener. Je sais, tu as raison, je ne devrais pas courir, mais franchement, le manque d'exercice physique me pèse trop. Ce n'est pas une question de poids (avec le stress, on perd vite les kilos), mais il nous faut garder le corps en bon état. Et courir, même harnaché de cette genouillère, même lentement, ça m'aide à m'entretenir, tout en luttant contre le stress...

Donc, je suis allé courir à travers la ville, en descendant la colline. Je voulais aller voir le Dnipro, surtout après la destruction du barrage de Kakhovka. Et là, après le front, je me suis retrouvé... en plein paradis. Littéralement.

Les berges du fleuve étaient aménagées en plages. Ambiance lounge. Transats, parasols, piscines... Des jeunes gens cool sirotaient des cocktails, écoutaient de la musique légère, les sons de l'été, chill, relax, et ça se baignait, ça rigolait.

J'avoue, cela m'a fait un choc. Je revenais tout juste de la task zone, la zone de combat et d'entraînement. Alors imagine.

Et puis, malgré moi, j'ai été émerveillé. J'admirais toutes ces choses que j'avais quasiment oubliées. J'ai presque eu l'impression de voir saint Pierre, le gardien du paradis, fendre de quelques brasses la piscine avec ses clés. Mais voilà la raison de leur tranquillité ! De leur coolitude ! Tous ces estivants qui sirotent des cocktails, sans avoir l'air de se préoccuper de la guerre, ce sont des saints, voilà tout !

Et parmi les saints, j'ai tout de même reconnu un petit groupe de gens « normaux », on va dire, normaux selon moi. J'ai reconnu la coupe de cheveux, les tatouages aux références scandinaves, les tridents ukrainiens, les bracelets et les montres militaires, les barbes, et surtout, signe le plus distinctif d'entre tous : les regards.

C'étaient mes frères d'armes. Des soldats.

On s'est reconnus tout de suite, au moment même où moi aussi j'ai acheté une limonade et que je me suis assis sur le banc pour profiter du coucher de soleil. C'était si beau : le fleuve et les derniers rayons du crépuscule.

Et je me suis dit que ces gars, ces soldats, comme moi, nous avions eu l'insigne chance de mettre un pied dans le paradis, pendant quelques heures. À écouter de la musique lounge, en sirotant un jus sucré et en regardant le fleuve et le soleil. Merci saint Pierre de nous avoir permis de rentrer. Même si nous savons que nous devrons bientôt partir.

Seule trace de l'enfer de la guerre dans ce paradis : les racines des arbres, apparentes, dans une partie du Dnipro, complètement asséchée. Comme des traces des crimes de guerres russes, puisque ces racines étaient, il y a encore peu, immergées sous l'eau du fleuve. Il faut croire que les saints qui se baignent dans la piscine lounge n'ont pas été très vigilants…

J'ai fini ma limonade et j'ai couru en haut de la colline. L'entraînement ! J'ai été prudent, ma chérie, ne fais pas la tête !

Et puis, j'ai eu un appel. Je devais revenir tout de suite sur la task zone, près de la ligne de front. J'ai pris la Jeep et en route. Un camion en face de moi avait l'inscription « Valhalla express ». Blague un peu sinistre : dans l'armée, ils semblent tous obsédés par le Valhalla, le paradis des soldats morts.

Tu sais, on s'est disputés sur un truc vraiment ultra-bizarre avec d'autres soldats : on ne savait pas s'il était possible d'utiliser la fonction « Face ID », la reconnaissance faciale des smartphones, sur un cadavre. Récemment, le téléphone d'un de nos soldats morts a été volé par des Russes, ils ont réussi à débloquer le téléphone, on ne sait comment, et à l'utiliser pour poster des photos sur les réseaux sociaux.

Moi, j'ai préféré supprimer la fonction. Au cas où.

Je roulais en direction d'un endroit qui jadis était une petite ville. Sauf qu'il n'y a plus rien. Il n'y a pas un seul immeuble intact, ici. Tout a été détruit. Je n'ai jamais vu des cratères de bombes et de missiles si énormes. En fait, ici, c'est bombardé non-stop. Ça ne s'arrête pas. La question c'est juste de savoir où ça va tomber. J'ai laissé la Jeep à 300 mètres du bunker où je devais me poster, pour éviter les drones ennemis ou les obus, qui ne te laissent aucune chance. Les bombardements se sont intensifiés. Je suis entré dans un immeuble proche, rapidement, une cicatrice de guerre à lui tout seul, tout en ruine. Il y avait un gros nounours en peluche, immense, assis par terre près de l'entrée, comme une créature vivante gardant l'endroit. Quelqu'un l'avait laissé là, exprès, ou alors il a atterri dans cet endroit par hasard, après avoir été pulvérisé lors de l'explosion de l'appartement. J'étais en train de regarder des messages sur mon téléphone quand, soudain, une porte s'est ouverte, quelque part à l'étage. Dans cet immeuble détruit, où chaque mur est transpercé par les éclats d'obus. Et une femme d'une quarantaine d'années est apparue.

Moi, j'avais mon gilet pare-balles, mon casque, mes armes. Et elle, elle était juste en robe de chambre, complètement indifférente au bruit des explosions.

Nous étions là, face à face, deux étrangers qui se croisent pour une seconde. J'allais rejoindre mon bunker et elle, je ne sais pas : allait-elle nourrir ce nounours en peluche ou un animal abandonné, quelque part ?

Je n'ai pas eu le temps de poser de questions mais j'ai pensé à elle tout le temps quand j'ai regagné le bunker, lui aussi parsemé d'éclats. Sur notre messagerie, il y avait une alerte, un missile fonçait pile dans notre direction. J'ai couru vers ma voiture, à côté de l'immeuble. Je n'arrivais pas à m'ôter cette vision de la tête. On entendait toujours le vacarme de l'artillerie, des tirs. Personne à l'entrée, sauf le nounours en peluche. Assis, seul, désespérément seul, dans les décombres, les fenêtres fracassées, les murs détruits. Et cette femme qui vivait encore là. Dans ces ruines. Seule ?

Voilà à quoi ressemble l'enfer, mon amour. Le plus effrayant ? On s'habitue à tout. À l'enfer comme au paradis. Je ne comprends pas encore ce qui se passait dans sa tête. Mais la seule chose que j'ai vue dans ses yeux, c'est l'indifférence.

Cette fois-là, les missiles ne sont pas tombés sur notre zone. La nuit dernière, oui. Nous essayons de rester à l'abri, tant que faire se peut, mais d'une façon ou d'une autre, cette indifférence gagne les gens, indifférence au danger, au risque, à la mort. J'appelle ça « the hell effect ». L'effet enfer. Je te promets, mon amour, que je ne me laisserai pas gagner par ça. Je te promets que je vais faire attention.

Je t'aime encore et toujours, et de plus en plus,

P.

La guerre pour les nuls

Mon tchat Signal avec Pavlo ressemble à un manuel du genre « La guerre pour les nuls », car je ne connais rien au monde militaire : les canons, l'artillerie, les Bradley, les drones… Pavlo me dispense des leçons de rattrapage. Cela donne des dialogues surréalistes du genre :

— Le bruit le plus aigu, le tchac tchac que j'ai entendu aujourd'hui, c'est des mitraillettes, c'est ça ? Ça devait être un champ de tir, non ?

— Oui, aigu, c'est mitraillettes.

— Et le boum, plus grave ?

— Howitzer 155 millimètres.

— C'est quoi howitzer ?

— Obusier, artillerie.

Je n'avais jamais entendu le bruit de la guerre. Je sais désormais qu'il y a d'abord, constamment, cette grosse ligne de basse. Le grondement grave et sourd des canons (les howitzers, merci Pavlo), ça fait boum, boum, ça résonne dans la poitrine, comme les basses dans une rave, à intervalles réguliers, un métronome géant qui balance ses obus. Et, irréguliers, il y a les sons aigus qui me font sursauter : les tirs de mortiers.

Jamais je ne poste cela sur notre tchat commun. Je n'ose pas. Je sais combien Viktoriya s'inquiète pour Pavlo. Et puis je crains de la choquer. Il y a une espèce de pornographie de la violence, de la souffrance et, même si on essaie de s'en distancier, en tant que journalistes nous savons que nous sommes un peu complices de tout cela.

En 2022, pas très loin de Bucha, nous avions assisté à l'exhumation d'un cadavre, avec Jan, le photographe polonais qui m'accompagne en reportage. Il y avait deux villageois ukrainiens, assez âgés, qui s'escrimaient à extirper le corps de la terre. L'homme avait été enterré à la va-vite dans la forêt, après avoir été torturé par les Russes. À ce moment-là, on continuait à trouver plein de corps en forêt. On ne reconnaissait plus rien du visage, car les traits de l'homme avaient disparu, rongés par la terre ; le visage était tout blanc, comme délavé, il n'y avait plus ni yeux, ni nez, ni bouche, on aurait dit une espèce de poupée sinistre. On était tous autour du cadavre : les juges, les policiers, les journalistes. Certains se bouchaient le nez parce que ça sentait, c'est vrai. Personne n'aidait les pauvres pépés.

Après cette scène, on a eu un fou rire avec Jan car c'était atroce, c'était absurde. On ne parvenait pas à ressentir de l'empathie pour ce cadavre qu'on ne connaissait pas. Nous, les spectateurs, étions grotesques et ridicules. J'ai tenté d'expliquer à des amis ou à mes proches. Ils étaient perplexes, voire choqués.

Est-ce que le spectacle de la guerre fait de nous des vautours ?

Pavlo me dit qu'on fait aussi des blagues abominables dans son unité. Je peux donc sans complexe lui poser des questions sur ce détail relevé dans *Les Cercueils de zinc* de Svetlana Alexievitch : pendant la guerre d'Afghanistan, les Russes ramenaient comme trophées des colliers d'oreilles coupées. J'ai lu exactement la même histoire dans *Putain de mort* de Michael Herr. Les GI américains se baladaient avec des oreilles de Viêt-cong. Alors, je me demande pour les Russes. Vrai ou faux ? Certainement vrai, tranche Pavlo. Je tente de retrouver cette chaîne Telegram que je consultais, en 2022, où étaient diffusées les photos de tous les cadavres non identifiés dans les morgues, pour voir s'il y a des oreilles manquantes, mais elle est désormais introuvable. J'essaie de me rappeler toutes ces photos de cadavres que les survivants de Bucha brandissaient sur leur téléphone. Il y avait bien des têtes sacrément mutilées, des mains auxquelles il manquait des doigts. Mais des têtes sans oreilles, je ne sais plus.

Dans notre tchat « La guerre pour les nuls », il n'y a pas que des photos de cimetière. Notre fil est égayé de photos de fleurs, plein de fleurs. Le Donbass en guerre, en cet été de contre-offensive, croule sous les fleurs. Les roses font de la résistance. Je suis émerveillée. On m'a dit que Bakhmout était jadis connue comme « la ville des roses ».

À Velika Novosilka, un minuscule village sur la ligne de front où je me rends, tout est en ruine. Mais dans les décombres, incongrues, je vois toutes ces fleurs. Des roses, des chrysanthèmes, des coquelicots, dans les gravats. Je suis saisie de voir émerger de ce paysage apocalyptique des villageois. « Les gens du dessous ». Des zombies, comme dans les jeux vidéo. Ils sont sortis des caves où ils se terrent depuis plus d'un an. C'est une armée de fantômes aux visages de craie.

Je me sens incongrue avec mon casque et mon gilet pare-balles, alors qu'eux, ils sont tête nue. Ils n'entendent même plus les tirs de mortiers et les explosions.

À un moment, un bruit strident nous déchire les tympans. Un avion de combat vole très bas, comme s'il allait s'écraser tout près. Mais eux lèvent à peine la tête. Non, ils veulent surtout nous raconter. Nous montrer les caves, les souterrains à l'odeur humide où ils vivent, sans eau, sans électricité. Ils ne veulent plus qu'on parte. Vadim, un octogénaire, nous entraîne chez lui. Sa cave est l'une des pires qu'on ait vues. Et Vadim veut nous offrir des roses… Les roses qui poussent devant son immeuble et qu'il continue à tailler, même blessé.

Dans son roman *Le Chagrin de la guerre*, Bao Ninh évoque les roses maléfiques qui poussent sur les hauts plateaux du Vietnam, où eurent lieu les combats les plus horribles de la guerre. Ces roses, dit-on, étaient particulièrement belles et parfumées, parce qu'elles se nourrissaient du sang des hommes, et la terre était riche, noire et fertile, gorgée de ce sang. Alors, les soldats fascinés par les roses maléfiques les humaient, jusqu'à en perdre la tête. Et ils les séchaient, pour les émietter et en faire une poudre magique, qu'ils fumaient. On disait de cette drogue qu'elle faisait oublier la guerre.

Est-ce qu'on peut se défoncer en fumant des roses ?

Avec le coquelicot, il paraît que oui : c'est un dérivé du pavot. Et la substance en son cœur est légèrement hallucinogène.

Le roman de Pavlo s'intitule *Le Coquelicot*. Comme une prémonition de cette guerre. Le coquelicot est la fleur qui pousse près des tranchées. La fleur couleur du sang.

Mon cher Pavlo,

Je lis ta lettre et j'écoute le bruit de la pluie qui tombe. C'est une musique très douce à mes oreilles. J'écoute et je pense à ce que tu me dis sur ce sentiment d'indifférence qui peut grignoter le cœur. T'engourdir. Je l'ai observé à maintes reprises. En vérité, c'est le sentiment qui m'effraie le plus : l'indifférence.

Tu sais à quel point j'aime la musique.

Je suis sûre que tu te souviens des jours heureux, avant l'invasion. Tous les matins, je branchais nos enceintes et je mettais un peu de musique latino-américaine. Je dansais tout en préparant le petit déjeuner pour la famille. Parfois ça t'énervait, car j'écoutais en boucle les mêmes chansons, chaque matin. Mais j'avais besoin de ce rythme, de ces vibrations positives pour commencer ma journée.

Quand nous avons fui Kyiv et que nous nous sommes réfugiés dans les Carpates, je n'ai pas de souvenir de sons. Je crois que nous avions alors arrêté d'écouter de la musique. C'était juste avant que tu ne rejoignes l'armée et que moi, je décide d'aller en France, pour les enfants. Tu voulais aller te battre pour protéger le futur de nos enfants. Moi, je ne voyais pas si loin, je voulais déjà leur garantir un présent. C'est peut-être la différence éternelle entre nous les femmes, et vous les hommes. Vous rêvez du futur. Vous évoquez le passé. Mais nous, les femmes, et surtout quand nous avons des enfants, nous n'avons pas ce luxe-là : nous sommes envahies par l'urgence du présent, les mille et un soucis de la vie quotidienne. Et, ce printemps 2022, tout naturellement, ça s'est fait ainsi. C'est moi qui allais prendre en charge le présent, pour notre famille.

Une fois que nous avons trouvé un appartement à Paris, que nous nous sommes installés, je me souviens avoir placé la petite enceinte dans notre nouvelle cuisine. C'était un des seuls objets que j'avais amenés de Kyiv, avec les instruments des enfants et les photos de famille.

Tous les matins, je nettoyais l'enceinte. Mais je ne parvenais pas à l'allumer. Elle restait obstinément silencieuse.

Après l'invasion, beaucoup de gens ont expliqué qu'ils ont eu l'impression que leurs corps avaient gelé. Que, soudainement, ils étaient devenus très vieux. Moi, j'ai l'impression que c'est mon esprit, ou plutôt mon âme qui a gelé. Je suis devenue quasiment indifférente à la musique, que j'aimais tant. Je n'arrivais plus à écouter de la musique, c'était physique, parce qu'elle a toujours été une source de joie pour moi. Et que j'étais incapable de m'autoriser la moindre joie, le moindre plaisir.

J'ai de la chance, néanmoins, car avec mon travail et toutes ces conférences que je traduis, j'ai l'occasion d'apprendre pas mal de choses utiles ! Par exemple, l'an dernier, ces cours de psychologie pour affronter le stress que j'ai traduits. Règle de base pour lutter contre la panique, ce que les Anglais appellent les *grounding techniques*, bref, tous les trucs pour s'ancrer, ne pas perdre pied, par exemple respirer, toucher quelque chose dans son environnement, etc. Dans mon cas, je sais qu'enlacer et embrasser les enfants, ça me reconnecte tout de suite et cela m'aide énormément…

Ces premiers jours, quand j'étais submergée par toutes les tâches administratives à accomplir, inscrire les enfants à l'école, au collège, à la crèche, gérer la Sécurité sociale, m'inscrire en tant qu'autoentrepreneur, je me souviens que le soir, après avoir couché les enfants, je craquais. Je ne pouvais plus que m'allonger sur mon lit et pleurer, sans discontinuer. J'ai de la chance, j'arrive à pleurer : beaucoup ont perdu cette faculté avec la guerre. Chacun réagit différemment au stress et les stigmates sont différents, parfois invisibles au regard d'autrui.

Je pensais que nos enfants y avaient échappé : après tout, le 23 février, juste avant l'invasion, ils étaient avec toi, dans le train, en partance pour la montagne. Pendant tous ces jours terribles, ils étaient dans l'ouest de l'Ukraine, dans un endroit plutôt sûr. Calme. Je me disais qu'ils n'avaient rien vu de cette guerre : ils n'avaient pas entendu les sirènes ou les explosions.

Pourtant, ils ont eux aussi absorbé tout ce stress. Comme des éponges, juste en écoutant nos conversations d'adultes. Je me souviens du grand sourire de Leon, quand nous avons traversé la frontière avec la Pologne. Un sourire immense, comme si, enfin, il se débarrassait de cette peur. Je me souviens aussi de la joie des filles quand nous avons signé notre bail à Paris et que le propriétaire nous a montré la cave. Elles criaient : « Maman, c'est génial, maintenant, nous avons notre propre abri antiaérien, rien que pour nous ! »

Je me souviens d'un jour où je devais aller chercher Luka à la crèche, c'était un mercredi, j'avais prévu de retrouver aussi Leon, qui avait sport pas loin. Soudain a retenti une sirène d'alarme. J'ai reconnu ce son, immédiatement. Et instantanément, la peur et l'instinct d'aller se précipiter dans un abri. Autour de moi, personne ne réagissait au son de la sirène. Mais Leon m'a appelée tout de suite au téléphone, il voulait savoir s'il devait courir se cacher quelque part. Voilà comment la guerre a modelé nos instincts, déjà.

Quand j'étais petite, j'ai trouvé dans le grenier de ma grand-mère un engin pour les alertes antiaériennes. J'ai actionné l'engin et je me rappelle très bien du son de la sirène, car je l'avais trouvé rigolo, alors j'ai commencé à m'amuser avec. Le bruit de la sirène est devenu de plus en plus strident, et soudain, ma grand-mère est venue. Ses yeux étaient pleins de larmes. Elle ne m'a pas grondée, elle ne m'a rien reproché. Elle m'a juste dit : « S'il te plaît, ma chérie, arrête ce son. » Elle m'a expliqué que je ne devais pas utiliser cette machine, car ce son de sirène, c'était pour alerter du danger et que cela pourrait effrayer les voisins. Elle m'a dit également :

« J'espère que tu n'entendras jamais ce son dans ta vie d'adulte. C'est le son de la guerre. »

Je suis forte. Alors, malgré ce bref instant de panique, après avoir entendu la sirène dans les rues de Paris, je me suis calmée et j'ai pris sur moi pour répondre, très sereinement, à Leon qu'il n'y avait aucun danger, aucune menace. C'était une sirène pour faire un test. Il n'avait pas besoin de courir, il pouvait juste m'attendre, tranquillement, à l'endroit que nous avions convenu. Mais, au fond de moi, mon cœur de mère était transpercé : mon fils était lui aussi traumatisé par la guerre, par ce son de la guerre, alors que j'avais tout fait pour l'en protéger...

Un week-end, les filles m'ont demandé : « Maman, pourquoi tu n'écoutes plus jamais de musique, comme tu le faisais en Ukraine ? » J'ai compris que ça leur manquait, notre petite routine du matin. J'ai répondu quelque chose de maladroit. Genre, je n'avais plus le temps.

Mais j'ai fait un effort, et j'ai rallumé l'enceinte. Je n'ai pas réussi à mettre mes chansons favorites, les latino-américaines qui me faisaient danser le matin, jadis. Cela me semblait incongru. Mais j'ai ouvert YouTube, et j'ai fait une playlist de chansons ukrainiennes, qui me semblaient adaptées à mon état d'esprit du moment. Je les écoute en boucle. Et je suis soulagée, finalement, d'être capable à nouveau d'écouter de la musique.

L'une de celles que j'écoute le plus s'appelle « У мене не має дому », « Je n'ai plus de maison ». Le titre parle de lui-même.

Il y avait également cette autre chanson de Kazka dont le titre est « *I am not OK* »…

Mais aussi cette chanson qui promet « *There will be spring* », « Il y aura un printemps », qui me fait du bien, car depuis l'invasion, j'ai l'impression que nous sommes tous entrés en hibernation. Mais je sais que ce long hiver prendra fin et que le printemps, comme toujours, fera à nouveau fleurir les arbres.

Et c'est ainsi que j'ai réparé, tout doucement, ma relation avec la musique. Et puis il y a eu ce merveilleux cadeau d'anniversaire, par notre famille, au Canada. Un piano. J'étais bouleversée. J'ai réalisé à quel point je regrette mon vieux piano, que j'ai laissé à Kyiv… Bien sûr, je ne pouvais pas l'embarquer dans la voiture, avec les instruments des enfants, mais tu sais à quel point je l'aime, ce piano que ma mère m'avait légué. Ce piano qui a toute une histoire, qui a traversé deux guerres, et qui pourtant est toujours debout. Alors quand je suis partie, tu sais, c'est bizarre, mais je lui ai parlé, au piano. Je me suis excusée de l'abandonner ainsi, ce 24 février. J'avais l'impression de laisser derrière moi un membre de notre famille… Il m'avait suivi dans tous nos déménagements, avant…

Alors, voilà donc ce nouveau piano, dans l'appartement parisien. J'ai parfois le sentiment de trahir mon vieux piano ukrainien, mais je ne peux m'empêcher de l'ouvrir, de caresser les touches et de ressentir à nouveau cette joie face à l'instrument.

Quand je me sens très fatiguée, ou déprimée, ou incapable de prendre une décision, j'ouvre le piano. Et j'improvise quelques notes. Un jour, Laura m'a dit que la musique que j'en sortais était un peu effrayante. Elle doit avoir raison. Mais c'est pourtant ça qu'il y a en moi. Ces mélodies étranges. Et je sens que cela me fait du bien de les sortir de mon âme, de les transmettre aux touches du piano.

Un jour, nos amis de la fac, qui vivent aujourd'hui à Berlin, sont venus me rendre visite. Ils m'ont entendu jouer, ils m'ont enregistrée sans que je le sache, et ils ont posté ça sur Instagram. De façon inattendue, le post a récolté pas mal de *likes* ! Et maintenant, je me sens moins embarrassée à l'idée que d'autres m'écoutent improviser. Je suis si heureuse que Laura aime le piano comme je l'aime. Elle joue souvent cette vieille chanson folklorique ukrainienne que tu lui avais apprise : « Une nuit étoilée ». Je crois que c'est sa façon de se reconnecter à toi.

Mon piano a de nouveau été bien silencieux ces trois dernières semaines. À cause de cette maudite bronchite, j'ai eu l'impression de me retrouver dans ce même état d'engourdissement et d'indifférence, comme au début de la guerre. D'ailleurs, non seulement je ne jouais plus au piano, mais je n'écoutais plus de musique. C'était le silence. Je crois bien que mon état psychologique et physique est directement lié à mon rapport à la musique. Tu sais, maintenant je me souviens aussi que quand maman est morte soudainement, je venais de terminer le conservatoire, j'avais 15 ans, mais j'ai complètement arrêté de toucher au piano. Il a fallu attendre la naissance de Leon, et que toi, tu aies envie d'apprendre le piano, pour que je réussisse à apprivoiser à nouveau l'instrument. À lui parler. Et mon amour pour le piano est revenu.

Maintenant que je vais beaucoup mieux, j'écoute aussi notre chanson préférée, celle de Latexfauna, qui dit « J'aime tout chez toi, en particulier le mois de juillet ».

J'espère que tu l'écoutes aussi et que tu penses à moi.

Bisous,

V.

Conversation entre Pavlo et Viktoriya sur Signal

P **Pavlo**
Ma chérie, tu sais que je t'aime tellement.

V **Viktoriya**
Et tu sais aussi que mon chantage est assez simple. Je veux que tu quittes l'armée.

P **Pavlo**
En vérité, je serai capable de te faire des choses terribles, si tu décidais de me quitter ! 😘

V
Viktoriya
Je n'ai pas peur.

P
Pavlo
Pourquoi ?

V
Viktoriya
Parce que la peur, ça t'enferme. Si nous restons ensemble, je veux que ce soit par amour. Et pas parce que j'ai peur que tu fasses quelque chose.

P
Pavlo
Je croyais que c'était pour une raison plus simple : être avec moi.

Mon amour,

Il est 5 heures du matin. Je suis réveillé depuis déjà une demi-heure, la sirène d'alarme pleure, de l'autre côté de la fenêtre. Théoriquement, je devrais aller me réfugier dans un abri, mais aujourd'hui, la majorité des gens ignorent les sirènes, sauf s'ils sont proches de cibles stratégiques. Et moi, depuis hier, j'ai déménagé. Je ne suis plus à l'endroit qui était désigné par les renseignements comme une « cible hautement prioritaire » des Russes, cet endroit que nous avons dû évacuer après l'alerte.

On ne peut jamais savoir où ça va tomber. Si des civils vont encore être tués dans l'un de ces bombardements si atroces. Chaque fois que les Russes s'attaquent à des immeubles d'habitation, des centres commerciaux, et qu'ils tuent des civils, des innocents, des enfants, ils prétendent toujours avoir abattu des « cibles militaires prioritaires », de toute façon. Comme ce qu'ils ont fait hier à Lviv en détruisant un immeuble résidentiel. Lviv, qui était réputée « sûre[1] », n'avait jamais été frappée de la sorte. Encore une fois, les Russes ont assuré que le « site militaire avait été bien détruit, conformément aux objectifs ».

Je t'écris juste avant d'aller rejoindre le champ de tir.

Je dis champ de tir, mais en vérité, c'est un champ, tout simplement, un champ paisible, si typique du

---

1 — Lviv, à l'ouest du pays, à la frontière avec la Pologne, est devenue une sorte de refuge pour les Ukrainiens.

Sud ukrainien, avec des herbes hautes et une vue magnifique. Tous les matins, je me lève très tôt pour me garder un peu de temps pour moi, ou plutôt pour nous, car notre correspondance est de plus en plus importante pour moi. J'ai tellement hâte de recevoir tes lettres, même si nous continuons à nous envoyer des textos et des messages, via Signal et WhatsApp, aussi fréquemment qu'avant ! Mais tes lettres, c'est différent. Les textos, les messages, on les scanne rapidement, parmi toutes les tâches à accomplir de la journée. Mais dès que je reçois tes lettres sur Messenger, je vois qu'il s'agit d'une lettre et non d'un message, immédiatement. Et je suis si heureux ! Alors, s'il te plaît, continue à me répondre. Je suis devenu complètement dépendant ! Appelle-moi ton « lettre-addict » !

Mes soldats étaient en train de s'entraîner. Sur des points précis que nous avons pu identifier lors des derniers combats, des domaines dans lesquels nous devons progresser. Le temps est limité, donc on ne peut pas non plus tout changer, et je ne peux pas tout t'expliquer en détail dans une lettre. Mais l'essentiel du travail portait sur les mesures de sécurité que nos soldats doivent adopter, face aux mines que les Russes ont semées un peu partout devant nous. Un autre volet inclut le secourisme tactique[1]. Le nombre d'amputations auxquelles nous devons procéder à cause des mines antipersonnel dépasse l'entendement.

Et quand je pense à toutes ces mines qui vont rester dans le sol ukrainien... Notre ennemi a vraiment choisi de livrer une guerre sale, très sale, que ce soit avec l'usage massif de ces mines antipersonnel, dont la grande majorité est proscrite, le fait qu'il s'attaque à des civils, qu'il emploie la menace nucléaire, ne craint pas de provoquer des désastres écologiques. C'est triste, mais pendant des années, les enfants ukrainiens ne pourront plus aller jouer dans les champs ou les forêts, et ce sur des milliers et des milliers de kilomètres carrés. Cartographier les zones minées, et surtout déminer, ça va devenir un business florissant... Peut-être encore plus que l'agriculture, qui était pourtant notre point fort, à nous autres Ukrainiens.

Il faut que j'y aille. L'entraînement va commencer. J'espère qu'au moment où j'écris, tu dors

---

1 — Les soins d'urgence à dispenser en terrain de guerre.

paisiblement. Quand tu te lèveras, s'il te plaît, pense à moi, et si tu as le temps, tu sais comment me rendre heureux. Car tu sais que je suis ton lettre-addict.

Je t'aime,

Ton P.

Mon cher Pavlo,

Moi aussi, je suis toujours heureuse de recevoir tes lettres. Cela veut dire que tu es vivant et que tout va bien. Je viens de me réveiller et le soleil brille. Il fait déjà très chaud. Je me demande comment tu tiens le coup, et comment tu réussis à bouger, avec tout ton attirail et ces températures caniculaires.

Tu parles des mines. C'est horrible, mais si vrai. Je me souviens d'avoir traduit une conférence à Sarajevo en 2014. Bien sûr, la ville avait tourné la page, ou plutôt vivait une page différente de son histoire, et c'était fascinant ce mélange de cultures, d'architectures, ces passés… Mais ce qui m'avait le plus frappée, c'était tous ces panneaux près des champs : « Attention ! Mines ! »

La guerre en Yougoslavie s'était déroulée vingt ans auparavant, mais pourtant ces deux décennies n'avaient pas été suffisantes pour déminer entièrement le territoire. J'espère que les technologies ont suffisamment avancé et que nous, nous pourrons en bénéficier… J'ai lu récemment quelque chose sur cet étudiant ukrainien, Ihor Klymenko, qui a inventé un drone capable de détecter des mines…

Je me souviens que quand j'étais petite, il y avait des personnes mutilées dans la rue, qui mendiaient. C'était juste après la guerre en Afghanistan, et tellement de vétérans étaient revenus amputés… J'espère que nos vétérans à nous seront mieux aidés par notre gouvernement et la communauté internationale, et qu'ils ne seront pas obligés de mendier dans la rue. Mon père me disait toujours de ne jamais rien ramasser par terre, que ce fût un jouet ou un simple stylo, car l'objet pouvait être miné.

En 2015 ou 2016, j'ai été interprète pour nos militaires. L'un de nos officiers a fait un exposé sur les techniques de déminage. Il nous a aussi fait visiter un petit « musée » pour ainsi dire, constitué d'objets que les Russes avaient minés. Il y avait un ours en peluche. J'ai alors tout de suite pensé à papa et à ses mises en garde quand j'étais enfant. Il y avait tellement d'objets incongrus dans ce musée. Dans ce qu'il nous a raconté, ce qui m'a le plus frappée, c'est que les Russes avaient déjà miné un chat. Oui, un chat…

J'ai lu récemment un article dans la presse ukrainienne expliquant que les Russes minent aussi leurs propres cadavres de soldats. Quand nos soldats se retrouvent dans la tranchée ennemie, ils doivent donc faire attention à ne pas les manipuler, et vivre avec ces cadavres, malgré l'odeur. Ce genre d'atrocités ne me surprend même plus.

Une armoire
Un frigo
Une porte
Un nounours
Un canapé
Un piano
Une poupée
Un cadavre
Cela fait une drôle de liste, non, tous ces
objets minés ?

Les Russes avaient même miné un piano à Bucha. Un piano !

Ce piano miné à Bucha me refait penser à mon piano, abandonné à Kyiv. Il a été fabriqué en 1905 en Autriche. C'était un trophée de la Seconde Guerre mondiale. Ma mère Liubov l'avait acheté à un professeur de musique juif, quand il a immigré en Israël, au début des années 1990. Ce piano a survécu à tant de guerres. Comme un témoin silencieux de nos drames et de nos joies. J'espère qu'il sera le témoin d'autres moments de bonheur, quand nous nous retrouverons.

J'ai si hâte de te revoir.

Bisous,

V.

Bonjour mon amour,

Comment ça va à la maison ? Je suis sûr que tu profites des enfants et que tu savoures ces moments de gros câlins, quand ils te sautent dessus en te mangeant de bisous. Je me souviens quand ils débarquaient dans notre chambre, le matin, pendant le week-end. D'abord, l'un d'eux surgissait pour profiter de nous, en solo, et puis il y en avait un deuxième qui se faufilait dans le lit. Et puis le troisième et le quatrième, qui là devaient carrément sauter sur nous pour se faire une place, quelquefois ça pouvait même faire un peu mal, ces acrobaties, mais c'était tellement drôle. J'adorais ces moments où on était tous ensemble, écrasés les uns sur les autres. J'imagine comme ils doivent se jeter sur toi, de tout leur poids ; désolé mon cœur, je ne peux pas trop t'aider, là, mais je suis sûr que même s'ils sont désormais grands et lourds, tu adores ces moments-là !

Je viens de recevoir un message sur Instagram d'une petite fille. C'est la fille d'un des soldats de notre unité, un homme qui vient hélas de périr au combat. C'était le commandant d'une de nos compagnies. Un type formidable. Ce n'était pas un proche, mais j'aimais sa façon d'être. Sa fille monte une pétition qu'elle veut présenter au président pour qu'il soit décoré à titre posthume. C'est sa façon à elle de gérer son deuil. Bien sûr, j'ai signé la pétition. Il manque encore un millier de votes. Pour moi, cet homme, c'est déjà un héros, mais c'est important qu'il ait aussi cette décoration, pour sa petite princesse qui le pleure. J'ai tellement de peine pour elle.

Nous sommes entourés de héros.

Hier, j'étais sur la route, en zone de combat, et je regardais des moissonneuses-batteuses, au milieu des Jeep militaires et des ambulances. Trois moissonneuses géantes, qui avançaient placidement, à travers les champs de blé. On aurait dit des éléphants, majestueux et tranquilles. Et nos Jeep ressemblaient à des loups, prêts à mordre la gorge de nos ennemis. À gauche, il y avait une école, qui a été détruite par des missiles russes, l'autre jour. À droite, un café routier, où les soldats peuvent s'acheter un café pour 15 *hryvnia*, soit 40 centimes d'euro. Moi aussi ça m'arrive d'aller prendre mon café là. La serveuse est grande, jeune, très belle. Elle sert des gars qui viennent du front ou repartent vers le front. Elle fait attention à chacun d'entre nous, elle sourit, et à chaque tasse de café chaud qu'elle sert, c'est comme se rassasier d'un peu de tendresse.

À l'infini, les champs de blé près du front attendent d'être fauchés. Nos éléphants mécaniques vont lentement, ils sont imperturbables, pas effrayés par les tirs d'artillerie ; ils savent quel est leur rôle dans cette guerre. Et pour moi, oui, les vrais héros de cette guerre, ce sont aussi les fermiers, les agriculteurs ! Ils font leur boulot, malgré les bombardements incessants, malgré les mines, malgré la pression des prix, l'envolée des coûts logistiques.

L'agriculture, c'était notre trésor, 10 % de notre PIB… Nous étions le premier producteur d'huile de tournesol, un des leaders dans le maïs, le blé… 33 millions d'hectares de terre fertile, si productive… Et voilà que 5 millions d'hectares de ces terres sont désormais inaccessibles à cause de la guerre. Sans compter l'impact écologique désastreux de la destruction du barrage. Mais malgré tout ça, les éléphants d'acier sont toujours dans les champs. Moi, j'entends le vacarme de l'artillerie, mais qu'importe. Ils restent à leurs postes.

Les héros, oui, ils sont partout. Ils ont le visage de cette caissière, dans le café proche du front, qui sert les soldats, ils ont le visage de cette petite fille orpheline, ils ont le visage des fermiers qui labourent les champs. J'aime notre peuple ukrainien.

Je suis fier, ma chérie, que nous soyons ukrainiens. Nos enfants auront ce privilège de grandir dans un pays plein d'opportunités. Je le crois tout autant que je crois en notre victoire.

Je t'aime,

Pavlo

Mon cher Pavlo,

Tes lettres font toujours voguer mon esprit, de-ci de-là : des associations d'idées, spontanées, qui se forment. Tu me parles des champs de blé dans le sud de l'Ukraine et je ne peux m'empêcher de penser à l'Holodomor[1]. Je suis si contente que la France, comme pas mal d'autres pays du monde, l'ait reconnu comme un génocide.

Mon père Ivan est malade et perd la mémoire, tu le sais, mais pourtant, il se souvient encore très bien de ces histoires sur l'Holodomor que lui racontaient sa mère et sa grand-mère.

Je pense souvent à son destin. Mon père est un enfant de la guerre. Il est né en 1942. Pendant la Seconde Guerre mondiale, il était trop petit pour comprendre ce qui se passait, et désormais, il est trop vieux et malade pour comprendre ce qui s'est passé depuis l'an dernier, pour comprendre que nous voilà dans une nouvelle guerre. C'est peut-être une bénédiction, après tout.

---

1 — La famine orchestrée par les Soviétiques en Ukraine, en 1932-1933.

Mon père n'a jamais connu son propre père, tué en 1945, à la guerre. Et jusqu'à la fin des années 1990 il recherchait encore l'endroit où il était enterré. Sur le mémorial dédié aux soldats, son nom était mal orthographié, c'est donc par le plus grand des hasards que lui et son frère ont réussi à retrouver sa trace, en fouillant dans les archives, qui n'ont été ouvertes au public qu'après la chute de l'URSS. En l'absence d'un père, tous ses souvenirs d'enfance ont été liés à sa grand-mère Halia et sa mère Kateryna. Papa me racontait constamment ses histoires d'enfance, il me les répétait comme s'il savait déjà qu'un jour sa mémoire le trahirait. Je pense qu'il souhaitait que je sois la gardienne de cette histoire, que je la transmette à nos enfants, et même peut-être au monde.

Sa mère Kateryna, ma grand-mère, se souvenait très bien de l'Holodomor. C'était une adolescente à l'époque. Elle se souvient d'une année qui avait été fastueuse, où les récoltes avaient été splendides dans leur région de Poltava, l'une des régions les plus fertiles du pays. C'est alors que la *trojka*[1] a débarqué,

---

1 — Groupe de trois personnes du Parti communiste et du NKVD.

confisquant les récoltes des villageois. Les rumeurs ont alors envahi le village. Les gens ont essayé de cacher les récoltes. Mais la *trojka* utilisait le stchup, une canne de 3 mètres de long. Ils fouillaient, fouillaient, et débusquaient ainsi les récoltes cachées. Le père de Kateryna, mon arrière-grand-père, celui qui avait fait pousser des pastèques et réussi à acheter une voiture, a donné une partie des récoltes à la *trojka*, en a caché une autre partie dans la forêt. Ils étaient une famille assez aisée, des *kurkuli* comme les communistes les appelaient, et Kateryna, ma grand-mère, alors gamine, portait des bottes toutes neuves. C'était très rare pour une jeune fille d'avoir des bottes neuves ! Alors quand la *trojka* a fouillé la maison, déçue de ne pas trouver d'autres récoltes de blé dans la cave ou le grenier, ils se sont rabattus sur ses bottes.

Je n'ai hélas jamais connu ma grand-mère, elle est morte l'année où je suis née. Mais mon père m'a souvent raconté cette histoire. Comment, après la perquisition, cette toute jeune fille s'est retrouvée pieds nus dans la cour. Je ne peux pas imaginer ce qu'elle pouvait ressentir. Mais je sais qu'elle ne leur a jamais pardonné. Je sais aussi que toute la famille a réussi à survivre à l'Holodomor. Grâce à ce blé qu'ils avaient caché dans la forêt, que mon arrière-grand-mère Halia a distribué avec parcimonie, pendant toutes les années de famine.

Avec les orties, elle faisait de la soupe et fabriquait aussi du pain, en ajoutant un peu de blé, un trésor. Elle a également sauvé mon père pendant la famine qui est survenue après la guerre, en 1949, alors que sa fille Kateryna, ma grands-mère, était réquisitionnée à des travaux de force, dans la ferme collective où elle travaillait toute la journée. C'est Halia qui s'occupait de ses trois enfants, dont mon père, Ivan. Mais Halia avait l'habitude; elle avait survécu à tout, à tant de famines. Cette fois-ci, elle avait caché une chèvre, appelée Mania, dans la forêt. Quand la *trojka* a débarqué, elle leur a expliqué qu'elle n'avait aucun bétail à leur donner. Mon père a failli vendre la mèche en s'écriant: « Et Mania? » Mais heureusement, elle a réussi à convaincre les Soviétiques que Mania venait de mourir et que l'enfant, très sensible, ne s'en était pas remis. C'est ainsi qu'elle a sauvé Mania! Et le précieux lait de la chèvre a nourri les enfants pendant cette autre famine et aussi les voisins.

Un jour, mon père a disparu. Ma grand-mère est allée dans le village le chercher. Quelqu'un lui a dit qu'il avait vu le garçon partir avec une femme qui habitait dans une maison un peu éloignée du village. Il y avait des rumeurs très inquiétantes sur ces gens… Quand Halia, mon arrière-grand-mère, est arrivée dans la maison, mon père Ivan était tout somnolent. Il avait été drogué par ces gens, avec du lait de pavot… Il y avait déjà un chaudron avec de l'eau bouillante dans la cour, et l'homme de la maison était en train d'affûter un couteau… Halia a pris mon père dans ses bras et elle l'a ramené à la maison. Les gens n'ont pas osé l'arrêter. Ils avaient réussi à attirer mon père dans leur maison, en lui promettant une tranche de pain, et là, comme il était drogué… Les rumeurs, c'était que depuis cette famine, ces gens mangeaient de la chair humaine. Oui, ils étaient devenus des cannibales, comme cela se racontait dans toutes ces histoires qui se déroulaient pendant l'Holodomor. Voilà ce que la machine soviétique avait fait de ces gens, en les affamant…

Et aujourd'hui nous apprenons que la Russie refuse de prolonger le traité des céréales, condamnant toute une partie du monde à la famine.

Bombardant le port d'Odessa, les cargaisons de blé. Mettant en danger la sécurité alimentaire de la planète.

Tu te souviens qu'à chaque fois que nous allions rendre visite à papa, nous lui demandions pourquoi il gardait chez lui du pain dur. Il ne parvenait jamais à nous donner une réponse très claire, il se contentait de dire «*na, chornyy den*»[1].

J'ai aussi ce réflexe enraciné en moi; je suis incapable de jeter du pain. Je vais essayer de l'accommoder de mille façons, le tremper, le mettre dans de la salade, etc. Pour moi, le gaspiller est un péché, je crois que c'est inscrit dans mon ADN. Une conséquence de l'Holodomor. La commémoration de l'Holodomor est le dernier samedi du novembre. La tradition est d'allumer une bougie en mémoire de ceux qui ont péri. Chaque année, j'en profite pour raconter aux enfants les histoires de mon père. Cette année, ce rituel a eu une signification toute particulière. J'ai tenu à faire tout comme à Kyiv. Nous avons allumé les bougies, et j'ai raconté les histoires de papa, les histoires de la souffrance de notre pays.

---

1 — «Pour les mauvais jours», en ukrainien.

Mais bien sûr, nous pensions à toi, qui étais loin de nous, à mon père, en Ukraine, à cette nouvelle guerre qui nous sépare. J'ai du mal à décrire ce que j'ai ressenti à ce moment-là.

Le pain français est très bon, les enfants adorent la baguette, mais la saveur du pain ukrainien, bien noir, nous manque tellement. J'espère que nous pourrons en manger bientôt !

Bisous,

V.

Troisième langue

L'anglais est vite devenu la langue de notre trio. Cette troisième langue n'est la langue maternelle de personne, mais c'est celle dans laquelle nous sommes le plus à l'aise pour communiquer.

Quand on change de langue, on change de personnalité : on parle et on écrit différemment. Je commence à connaître Pavlo et Viktoriya en anglais, mais je sais qu'il me manque quelque chose, parce que je ne connais pas leur façon de parler et d'écrire en ukrainien.

Je suis dans une situation des plus cocasses. Je traduis de l'anglais en français un écrivain qui écrit en ukrainien, en lui faisant plein de suggestions en anglais, auxquelles il répond parfois en français. Et je traduis une interprète dont le travail est de traduire les mots des autres, en la poussant à se dévoiler, elle qui dans son travail met un point d'honneur à disparaître derrière la parole des autres.

Je prends des libertés quand je traduis en français, puisque « traduire, c'est trahir ». Pavlo me dit que lui aussi se lâchera quand il me traduira en ukrainien : « Appelons cela un tradultère ! »

Dans mon Google doc, il y a parfois des bouts de phrase en cyrillique. Ce sont les fragments des lettres en ukrainien avant traduction, ou des proverbes, des expressions en ukrainien que Viktoriya aime laisser, telles quelles, dans ses lettres. Et parce que j'en ai assez de me retrouver telle une poule devant un œuf, face à ces phrases en cyrillique, comme cryptées, je télécharge l'alphabet ukrainien sur mon téléphone et je regarde des tutoriels pour l'apprendre. Mon préféré ? « Apprenez le russe avec la propagande… »

Il y a beaucoup de géopolitique dans la place d'un e ou d'un i. En temps de guerre, même l'orthographe est objet de bataille. Tous les journaux anglo-saxons ont adopté la graphie ukrainienne, en écrivant par exemple Kyiv. Mon journal, comme beaucoup de journaux français, comme tous les éditeurs français, reste fidèle à la graphie russe, Kiev, Kharkov, etc. Et les correcteurs changent systématiquement mes articles quand j'écris Kharkiv ou Kyiv. Pour les prénoms, c'est très flou. Faut-il mettre Igor à la russe ou Ihor à l'ukrainienne ? Serhii ou Serhiii ? Ces hésitations orthographiques ont mille conséquences désagréables pour les principaux concernés. Les banques leur refusent les virements bancaires, leurs passeports contredisent leurs actes de naissance, lesquels contredisent leurs titres de séjour dans les pays étrangers. Sans le vouloir, les Ukrainiens ont désormais plusieurs identités, comme Ulysse, le faussaire aux mille déguisements.

Finalement, c'est toujours la même histoire quand on fait partie d'un pays longtemps dominé, à la langue malmenée. Nos prénoms et noms vietnamiens ont souvent été mal orthographiés par l'état civil, ou francisés. Et donc, fréquemment, nous disparaissons des archives et des classements alphabétiques. Les archives de l'état civil m'ont ainsi assuré avec aplomb que mon père n'existait pas.

« Toutes les guerres se livrent deux fois, la première fois sur le champ de bataille, la deuxième fois dans les mémoires », écrit le romancier d'origine vietnamienne Viet Thanh Nguyen.

La Russie n'a jamais cessé d'être en guerre. Elle passe son temps à réécrire le passé et à invisibiliser les pays qu'elle a voulu maintenir sous sa coupe. Cela a été très efficace : comme beaucoup, jusqu'à récemment, je ne voyais l'Ukraine que comme ce « petit frère » de la grande Russie. Je n'avais aucune idée de tous ces siècles pendant lesquels la langue ukrainienne avait été interdite. Je ne savais même pas que l'écrivain Gogol était ukrainien, qu'il n'avait jamais eu le choix de sa langue d'écriture ; il avait été obligé d'écrire en russe, tandis que l'ukrainien restait sa langue secrète, sa langue clandestine. Mon ignorance est le fruit de ces siècles d'invisibilisation.

Au début de la guerre, la meilleure IA de traduction automatique, DeepL, ne fonctionnait qu'en russe et pas en ukrainien. Je ne sais pas qui sont tous ces bénévoles qui ont alimenté la machine pour lui « apprendre » l'ukrainien. Un an après l'invasion, DeepL fonctionnait très bien en ukrainien (mais toujours pas en vietnamien)…

Bonjour ma chérie,

Aujourd'hui, je me suis levé tôt. Avant que le jour ne pointe, je pensais à nous, à notre famille, aux enfants. Je me souviens des peintures qu'ils m'ont offertes pour mon anniversaire en juillet dernier. J'avais alors été envoyé en Angleterre. Le programme d'entraînement de nos troupes, mené par les Britanniques, venait tout juste de commencer. C'était l'été, il faisait très chaud, jusqu'à 38 °C, température inhabituelle en Angleterre. J'étais toujours avec les soldats, on marchait, on s'entraînait, on dormait dans les mêmes casemates, avec tout ce barda qu'on doit trimballer : le casque, le gilet pare-balles, la panoplie de secours, les munitions, la gourde, la pelle, un grand sac à dos avec un sac de couchage, des toiles pour protéger de la pluie et du vent, quelques objets personnels, les rations pour trois jours.

Nous nous entraînions le jour, la nuit aussi. Je leur apprenais à installer le bivouac, patrouiller et observer son environnement, se défendre et mener l'assaut, et évidemment comment agir pendant le tir d'artillerie. L'artillerie à 3 heures du matin, bien sûr.

En général, dans ces réjouissances, ce qu'on « préférait », c'était creuser les tranchées. Moi aussi je creusais pour donner l'exemple. Et c'était l'enfer, car le sol était tout caillouteux, et il y avait des racines d'arbre de partout. Surtout, comme l'obscurité tombe vite, il faut savoir creuser dans le noir, sans aucune lumière. Et dans le silence le plus absolu. On appelle cette discipline « bruit et lumière ». Car, dans la nuit, une simple cigarette allumée, dont le bout rougeoie, peut permettre de te faire repérer à une distance de 500 mètres. Pareil pour le bruit. Les bruits les plus légers peuvent être entendus à cette distance-là. Alors il faut rester silencieux, invisible. Même quand tu creuses !

Tout devait être fini vers minuit. C'est alors qu'on se reposait dans nos trous. Quand tu es épuisé, en général, il y a deux solutions : soit tu tombes de sommeil, comme une masse, soit tu n'y parviens pas, parce que tu as trop mal au dos ou aux pieds. Je me souviens que j'utilisais un spray à la lavande, ça donnait une odeur suave à mon sac de couchage, posé à même la terre ; je le prêtais à mes camarades également. Et tous, on se pelotonnait dans nos sacs, sans enlever nos uniformes et nos bottes, bien sûr, pour dormir trois ou quatre heures, avant une autre journée d'entraînement. Les trous de fantassin ont été faits pour deux, en général. Donc, avant que la lavande ne fasse son effet aromathérapique, pour nous plonger dans le sommeil, on discutait un peu avec son camarade de trou, pour échanger sur nos impressions de la journée, et surtout, nos rêves de futur, ce qui allait se passer après la guerre, après notre victoire. Mon collègue, un jeune officier, était de la ville de Zhytomyr ; avant son départ pour l'Angleterre, un missile russe a détruit le petit appartement qu'il avait rénové pour sa famille, lui, son épouse et leur fils de 2 ans.

Dans ma besace, il y avait autre chose que j'ai partagé avec les soldats : du Mezim. Mon médicament contre les problèmes d'estomac et de digestion. Très utile pour ingérer nos rations alimentaires, ici, en Angleterre. Car oui, disons-le, nos estomacs ukrainiens n'étaient pas vraiment enamourés des rations alimentaires façon british : en général, de la cuisine asiatico-indienne en sachets plastique. C'est l'usage dans toutes les armées de l'OTAN, les rations sous plastique, mais chaque armée a sa spécificité. Et les Britanniques sont juste fans de cette cuisine asiatique ultra-épicée, qui, franchement, irritait quelque peu nos organismes ukrainiens, habitués à notre délicieux borsch (ah, la betterave rouge et la patate, aromatisées avec un simple os à viande !) ou encore notre salo (de fines tranches de porc avec de la moutarde et du radis noir). Ce menu-là, je peux le manger sept jours sur sept, sans aucun problème, et pas besoin de mes comprimés de Mezim ! Mais en Angleterre, j'ai épuisé mon stock à le distribuer à tous mes camarades, pour sauver les estomacs de ceux qui, quelques mois après, libéreraient Kherson !

Je garde un très bon souvenir de ces entraînements nocturnes, des alertes la nuit, de nos discussions interminables sur les menus, du café qu'on faisait bouillir le matin, dans les bois, de la fatigue physique, après une journée harassante d'entraînement.

La nourriture, tu sais, c'est vraiment un truc à part, dans l'armée, un objet de vénération fétichiste ! Il y a tout dans la nourriture. Le repos, le goût, la nostalgie, le dégoût et l'ennui, la variabilité, la distraction… Avant de dormir, nous pouvions passer des heures à parler avec notre voisin de la composition de la ration, tu sais, juste pendant ces moments où tes paupières sont lourdes et que tu sens que tu vas t'abandonner au sommeil. Alors on passait en revue les menus. Mes préférés : les pâtes bolognaise, le curry de poulet sauce aigre-douce et les barres énergétiques. En revanche, le *pindi chana aloo*, beurk. Le porc avec des fèves, re-beurk. Le riz épicé avec du porc façon indonésienne, dégueulasse. Pareil pour le pudding au chocolat.

À la base, toutes ces rations alimentaires sous plastique ont un objectif : remplir nos estomacs. Mais en vérité, elles apportent plus que cela. Elles nous apportent du réconfort, et de la joie… Alors on mange, même si l'estomac est en feu ou qu'on a mal à la tête après cela. Finalement, où que tu sois, la nourriture, ça reste un bout de bonheur.

Mais je veux revenir aux peintures des enfants. Leon a mis dans la sienne tous les sports qu'on adorait pratiquer ensemble : le tennis, le ski, le basket, le vélo. Il a même trouvé sur Internet la marque de mes skis, les Nordica Enforcer 94. Liubava a dessiné une chemise traditionnelle ukrainienne brodée, une *vychvanka*, où elle a ajouté, en anglais, « *I love you Dad* » : comme l'expression de ce multiculturalisme que nous avons accidentellement acquis avec cette guerre ! Laura a dessiné un album avec des licornes et des princesses, symboles de ses rêves…

Je n'ai cessé de regarder leurs dessins, ils sont si importants pour moi. Tu sais, ça a pris un sacré temps pour qu'ils m'arrivent, à cause de la poste britannique. J'en ai profité quand je suis revenu à Kyiv pour les mettre dans notre appartement. Merci, *divtchynko*, pour tout ce que tu fais pour les enfants. Je reconnais ta magie dans toutes leurs initiatives.

Je dois y aller. J'étais content de parler avec toi, dans cette lettre.

Je t'aime,

P.

Mon cher Pavlo,

Il est tard. Les enfants dorment. Cette lettre sera brève, car moi-même je tombe de sommeil. Ça m'a pris du temps de les mettre tous au lit. Tu sais, ça leur manque tellement, ce moment avec toi, quand tu les bordais et que tu leur racontais une histoire, avant d'aller dormir. Souvent, il faut que j'aille les voir séparément, un câlin pour chacun d'entre eux, mais Luka et Laura ont pris l'habitude de venir me voir dans mon lit, pour réclamer une histoire. Je leur raconte un conte ukrainien.

Tu sais, maintenant, ils parlent tous très bien français. C'est fou la vitesse à laquelle les enfants apprennent les langues étrangères. Aujourd'hui, ils se moquent même de mon accent quand je parle français. Mais je les ai repris. Je leur ai expliqué que ce n'était pas très gentil de se moquer de l'accent de quelqu'un, que ça pouvait être vu comme du racisme, alors ils ne disent plus rien…

Au début de notre séjour en France, quelqu'un a essayé de me convaincre de ne plus parler que français avec eux, à la maison, pour qu'ils apprennent plus vite la langue. J'ai refusé. C'est très important pour moi qu'ils gardent leur identité ukrainienne, via la langue. Les enfants de certains de mes collègues ukrainiens qui vivent en France ou en Allemagne ne savent plus parler ukrainien. C'est tellement plus facile de parler la langue de l'école, avec les copains de classe. Luka est rentré à la crèche en janvier. Deux semaines après, j'ai remarqué qu'il parlait en français quand il jouait avec ses figurines… J'ai vraiment de la chance d'avoir eu cette place en crèche. Au début, Luka y était à mi-temps, et c'était une vraie galère avec le travail. Dire qu'il rentre en maternelle en septembre !

L'an dernier, j'ai dû aller à Bruxelles pour traduire une conférence de deux heures. Mais je n'avais personne pour garder Luka. Alors je l'ai embarqué avec moi. Il se souvient encore de notre petite escapade. Ievgenia, mon amie et collègue, a pu me relayer, quand je devais traduire.

Je viens d'aller vérifier dans sa chambre. Il dort paisiblement. Je vais faire de même.

Et toi aussi, dors bien !

Bisous,

Viktoriya

Ma *divtchynko*,

Comment vas-tu ? Continues-tu à arpenter les routes, pour le travail ? Moi oui, et si la route, en ce moment, semble plutôt paisible, parfois elle bifurque sans prévenir.

Récemment, je me suis souvenu des endroits où j'étais allé en Ukraine, avant cette guerre. Qu'avais-je vu de notre pays, alors ? Pas grand-chose. Car pendant ces quinze derniers mois, mes horizons géographiques se sont singulièrement étendus ! J'en ai parcouru, des routes, en Ukraine ; le plus souvent des routes de campagne poussiéreuses, où la Jeep hoquette et tressaute dans les nids-de-poule. Mais aussi des routes goudronnées sinueuses, dans les confins du pays, sillonnant des endroits dont je ne connaissais pas le nom. Ou des routes glissantes de pluie, où ton SUV manque de déraper, comme sur du beurre.

Dans le village où je suis actuellement, il y a eu un énorme orage la nuit dernière. C'est drôle car le tonnerre peut se confondre avec le bruit de l'artillerie et des canons, en pleine nuit. Mais bon, ce n'était pas vraiment le problème. Ce qui m'inquiétait, c'était plutôt de savoir si le matin, les routes seraient praticables, si la Jeep ne serait pas embourbée. Et toute la nuit, ça m'a empêché de dormir, je me demandais si je devais bouger la voiture, dans un endroit plus sûr, moins boueux, un endroit qui me permettrait de m'extirper de là, au matin. C'est une déformation professionnelle, ce genre de tracas, ma *divtchynko*…

L'hiver dernier, je me souviens des routes verglacées, quand les Russes bombardaient toutes nos infrastructures énergétiques. À l'époque, nous étions moins équipés en système de défense antiaérienne.

Alors, à cause de ces foutus bombardements, il n'y avait pas d'électricité dans tout le pays. Il faisait un froid de gueux. Partout. Dans la rue, dans ton lit, dans ton bureau, c'est-à-dire une pièce carrelée toute blanche d'un centre de transfusion sanguine abandonné. Tes pieds étaient gelés. Tu devais sans cesse essuyer ton nez, tu avais toujours cette goutte de morve au nez qui pendait, tout le temps, agaçante ; on avait beau l'essuyer, elle revenait. Parfois, j'avais envie de tout laisser tomber, d'aller courir dans la neige et oublier tout ça, les sessions d'entraînement, la guerre ; j'avais l'impression qu'on était en plein chaos, un chaos dans lequel des dieux impénétrables et indifférents m'auraient projeté, les dieux de la guerre. Bon Dieu, il faisait si froid.

Et pourtant, malgré le froid, il y avait toujours le commandant de la brigade, un jeune homme, chevalier complet de l'ordre du Mérite, qui allait te convoquer, te regarder avec cet air amer et triste, te reprochant ceci ou cela : où en est le plan, où en est l'exécution, comment on va mettre en place ça ou ça ? Il utilisait un peu un autre langage, mais le sens général était le même. En vérité, le commandant, et c'est ça le plus désagréable, avait raison de te poser ces questions, avec son air amer et triste, mais toi, tu ne pouvais pas faire grand-chose parce que tout est interconnecté dans l'armée, alors tu fermais ta gueule, tu encaissais.

Parfois, j'ai l'impression que le chaos, c'est la définition de la guerre. Et nous, les soldats, nous avons cette tâche immense : tenter d'orchestrer ce chaos, d'apporter de la lumière dans l'obscurité. Si on avait eu de l'électricité pendant ce maudit hiver pour faire marcher une petite turbine de chauffage, n'importe quel petit truc pour faire un peu de chaud ! Mes mains étaient si gelées que je n'arrivais même plus à taper sur mon téléphone. Je toussais et je regardais la buée de mon haleine. Je frottais mes mains pour tenter de les réchauffer. C'est important d'avoir un plan, mais si tu n'as plus de doigts, les plans… Maintenant encore, alors que nous sommes en plein été, je me souviens de ce froid mordant et de ces routes verglacées avec ces camions en travers…

La guerre, c'est décidément une affaire de saison chaude. Nous n'avons pas reçu assez d'armes à temps, et je crains que nous ne puissions terminer notre job avant le début de l'hiver… ce qui va encore rallonger la guerre jusqu'à l'année prochaine.

J'espère que nos alliés comprennent que c'est leur intérêt de nous envoyer le plus d'armes possible, le plus vite possible. Bien sûr, aujourd'hui les combats sont cantonnés au territoire ukrainien, tant mieux pour le reste de l'Europe. Mais cette guerre inhumaine est déjà en train de tout changer.

Et donc, me voilà sur la route, et c'est l'été. Quand tu conduis et t'approches de la ligne de front, il y a des moineaux, postés sur l'asphalte, qui s'envolent à ton arrivée, ou ce sont des enfants blonds qui jouent sur la route, tout comme des moineaux. J'ai même croisé une famille de cygnes avec cinq poussins, si gracieux, qui nageaient tranquillement dans une mare. L'été dans le sud de l'Ukraine est merveilleux. Tu conduis et tu traverses des paysages charmants, des lacs à ta droite, des champs ou un village envahi de verdure, et cette herbe couleur d'olive, qui sent comme le miel, partout.

Tu sais que la route qui mène à Zaporizhia s'appelle aussi l'autoroute du Soleil, comme en France ? Sauf que celle-là te mène direct dans le cœur de la guerre.

Je suis également tombé amoureux. Ne t'inquiète pas, je tombe amoureux de toi tous les jours encore plus, *divtchynko* ! Mais là, oui, je tombe encore une fois amoureux des nuages du ciel ukrainien, ces gros cumulus, qui s'entassent à l'horizon de ses côtés lourds. Et aussi de ces ravins près des routes, de ces tourbières pleines de roseaux. Au printemps, les marécages sont si profonds qu'ils sont impossibles à traverser, pas seulement pour une Jeep, mais aussi pour un char qui s'y noierait. Mais c'est une autre histoire.

Ce que je préfère, ce sont les coquelicots le long de la route, ceux qui poussent à travers des champs de blé. Ils me rappellent nos disparus, nos frères morts au combat. Mais ils me rappellent aussi que j'étais, que je suis un écrivain : mon roman ne s'appelait-il pas *Le Coquelicot* ?

Des villageois sur leurs vélos, des soldats postés devant les maisons des villages, des enfants très jeunes qui fument le long de la route, des enfants qui marchent sous le bruit de la canonnade… Bref, des enfants de la guerre. J'ai l'impression d'avoir tant voyagé, d'avoir tant vu, pendant ces quinze mois de guerre. Comme si j'en avais plus appris sur mon pays, l'Ukraine, que dans toute ma vie d'antan.

Je pourrais te parler si longtemps de la beauté de l'Ukraine. Mais je préfère conclure en parlant de ta beauté, mon cœur.

Je t'aime,

Pavlo

Mon cher Pavlo,

Quand je lis tes lettres, je ne peux m'empêcher d'admirer ta façon de voir le monde. Même tes images de la guerre recèlent une certaine beauté.

Je crois que j'étais une personne très optimiste. Je le suis toujours. Mais après l'invasion, j'avais l'impression d'avoir perdu ma faculté de voir de la beauté dans la vie. Il a fallu un an avant que je recommence tout doucement à ouvrir les yeux.

Après avoir perdu maman, quand j'avais seulement 15 ans, tout me semblait très relatif. À côté de la mort, tous les petits tracas de la vie ne valent pas le coup de se torturer !

Tu te souviens de cet automne où nous nous sommes rencontrés ? Nous aimions nous balader dans le parc Marijinski, à Kyiv. Je me souviens des feuilles mortes mordorées, que les jardiniers avaient soigneusement entassées. On discutait et soudain j'ai été prise d'une impulsion irrépressible, j'ai sauté dans ce tas de feuilles rouge et jaune. Je me souviens encore de ma joie, de ce son mélodieux des feuilles mortes qui crissaient sous moi, je les frappais en l'air, elles volaient et c'était si joli. Tu as cru que j'étais folle, je crois ! En tout cas, tu ne m'as pas suivie !

Ce printemps, je me baladais avec Laura. Et je voyais qu'elle suivait, obstinément, quelques feuilles mortes qui virevoltaient devant elle. C'est drôle car à Paris, quelle que soit la saison, tu peux toujours trouver quelques feuilles mortes au coin d'une rue ! En la regardant pourchasser les feuilles, ça m'a frappée : elle faisait exactement la même chose que ce que j'avais l'habitude de faire. Elle poursuivait ces quelques feuilles mortes avec le même enthousiasme, le même bonheur innocent qui venait du plus profond de son cœur. Je ne sais pas pourquoi, mais à ce moment-là, j'ai eu comme une révélation. J'ai réalisé que depuis l'invasion, j'étais en mode « survie ». Je m'interdisais de ressentir toute joie de vivre. L'exil, la séparation avec toi, mes soucis quant à la gestion familiale de nos quatre enfants, toutes ces incertitudes, ça m'avait transformée en robot. Aujourd'hui encore, ça m'est difficile d'exprimer mes émotions. Même envers toi. J'ai du mal à me faire de nouveaux amis. Je crois que j'ai trop peur de perdre quelque chose d'important, alors je préfère ne pas m'attacher. Ou bien je n'arrive pas à m'attacher car je n'arrive plus à faire confiance à quiconque. À faire confiance au monde. Je dois à nouveau réapprendre cela.

Alors j'ai décidé de m'y mettre pas à pas, d'avoir conscience de ces moments furtifs de bonheur, les enregistrer, les mémoriser. Un matin, j'ai emmené Luka à la crèche, et quand j'ai ouvert la porte de l'immeuble, un rayon de soleil a coulé sur mon visage. J'ai soudain senti de la joie en moi, et je me suis forcée à m'arrêter, à ressentir cette joie, pour un moment, à en profiter, à m'en souvenir. Et maintenant, chaque soir, j'essaie de collectionner tous ces petits moments de la journée, ces minuscules fragments lumineux de bonheur ; ça peut être ce moment où j'ai lu ta lettre, celui où je cuisinais pour les enfants, cet appel d'un ami, ou juste ce gros câlin avec les enfants. Et ensuite je m'endors, pleine de gratitude envers le monde.

Oui, nous avons des souvenirs si doux de nos escapades en Ukraine. Mais je ne veux pas vivre seulement avec des souvenirs. Nous devons nous en créer de nouveaux. C'est vrai, j'ai peur de rêver du futur, pourtant je t'assure, j'attends que se tourne une nouvelle page pour nous. Il y a quelques instants, Luka est passé devant la chambre des filles avant de venir me voir. Je l'ai entendu dire : « Les filles, je vous aime. » Et c'était de l'or. Un moment de pur bonheur. Et avec ce miel-là, de pur bonheur, je te souhaite une bonne nuit.

Bisous,

V.

Miroirs et fenêtres

On dit souvent que les livres sont des fenêtres qui vous ouvrent sur le monde, vous font voyager et vous permettent de vous échapper. Ou bien des miroirs, où vous pouvez vous lire vous-même, mettre des mots sur ce que vous ressentez. Je crois que c'est pareil avec les gens. Les gens qui nous entourent peuvent être à la fois des fenêtres et des miroirs. Pavlo et Viktoriya sont mes fenêtres sur l'histoire terrible de l'Ukraine : les migrations, les guerres. Ils sont aussi des gens-miroirs. Pavlo écrit, tout comme moi j'écris. Viktoriya est une lectrice passionnée, elle a passé son enfance fourrée dans les livres. Je lui confie que moi aussi, j'ai passé mon enfance dans les livres, que je lisais tout sans distinction, ce qui fait que j'ai avalé un certain nombre de très mauvais livres. « On est à égalité pour les mauvais livres, car j'ai lu énormément de livres de propagande soviétique... », plaisante Viktoriya.

Les Ukrainiens ont de la chance dans leur malheur : ils sont des gens-miroirs pour le monde occidental, qui parvient à se reconnaître en eux. Toute la génération des Ukrainiens post-indépendance est globalisée, occidentale. Ils ont les mêmes références culturelles, ont été biberonnés aux mêmes films hollywoodiens que nous.

En 2022, au même moment où la Pologne et l'Europe, en général, ouvraient grand les bras (et tant mieux) aux réfugiés ukrainiens, à 100 kilomètres au nord, sur la frontière entre Biélorussie et Pologne, la police polonaise repoussait les réfugiés kurdes ou afghans qui tentaient d'entrer en Europe. Yémen, Éthiopie, Soudan… Il y a des massacres et des guerres partout, mais plus les victimes nous semblent « exoticos », lointaines, moins on parvient à compatir. Notre générosité est à géométrie variable. En relisant *Dispatches*, de Michael Herr, qui fut pourtant un de mes livres de chevet, et qui reste encore « LE » livre sur la guerre du Vietnam, je suis troublée. À aucun moment, Herr n'évoque un personnage de Vietnamien ou de Vietnamienne. Il a couvert cette guerre pendant des années, sans qu'un seul « indigène » ne lui apparaisse suffisamment humain pour qu'il l'évoque dans son livre. Ils sont restés, jusqu'au bout, les « exoticos ». Ces petits bonshommes qu'on dégomme, avec du Wagner en fond, comme dans *Apocalypse Now*, dont il était d'ailleurs coscénariste.

Cette guerre, la guerre de mes parents, je l'ai toujours entendue, vue, racontée par d'autres. Elle leur a été volée. Dans l'imaginaire collectif, nous restons toujours ces petits bonshommes qui courent, dénués de parole, des victimes tout juste bonnes à être dézinguées à la kalachnikov, comme dans le film.

Au début de la guerre en Ukraine, ma mère m'envoyait les vidéos YouTube d'une Vietnamienne ayant épousé un Ukrainien. Depuis l'invasion, ils se sont réfugiés dans l'ouest du pays avec leurs deux enfants. Beaucoup de Vietnamiens lui disaient de quitter le pays, de revenir dans son pays natal. « Je ne peux pas, ma maison est ici, en Ukraine, avec mon mari et mes enfants », leur répondait-elle.

En vietnamien, *nhà* veut dire la maison, la patrie, la famille, nous. Cela peut vouloir dire mon mari, ma femme. Tout cela à la fois. Pavlo est le *nhà* de Viktoriya et Viktoriya est son *nhà*.

Nhà c'est aussi notre identité, notre place dans la société, notre métier, notre fonction, quand on le conjugue avec d'autres mots.

Un écrivain, c'est un *nhà van*, une « maison/littérature ».

Pavlo ne sait plus où est sa maison. Même s'il dit « la maison » quand il pense à Paris, parce que c'est là où sont Viktoriya et les enfants. Viktoriya dit « la maison » en pensant à l'appartement de Paris, mais ce *nhà* est vide ; sans Pavlo, il est incomplet, comme sa famille est incomplète. J'espère que ces lettres sont, le temps d'un été, un *nhà* pour Pavlo et Viktoriya.

Salut ma Vikulka,

C'est difficile à croire, mais les gens ont des attitudes différentes envers la guerre. Et envers les militaires aussi.

Hier, je conduisais, j'étais en retard, une mission à terminer, quand j'ai réalisé qu'un de mes pneus était crevé. La voiture tanguait. J'ai alors changé le pneu en mode vitesse de compétition, un peu comme dans ces circuits de Formule 1, sauf que bon, on n'était pas tout à fait dans le même genre de véhicule et qu'il n'y avait aucune équipe, que moi, tout seul, dans un champ pittoresque.

Quand j'ai terminé, je me suis arrêté dans une station, j'espérais que je pourrais réparer le pneu crevé, car, en temps de guerre, rouler avec une roue de secours inutilisable est évidemment des plus déconseillés…

Le pneu était mort, alors j'ai demandé au garagiste si je pouvais acheter un pneu d'occasion. Là, le type me sort des prix hallucinants, l'équivalent d'un pneu neuf. Un chiffre calculé sur le fait, tout simplement, qu'il supposait que le client était une cible à arnaquer idéale : aux abois, pressé, et sans accès à Internet… Pas de chance pour lui. En réalité, j'avais finalement le temps, et même, bénédiction, j'avais une connexion Internet, ce qui m'a permis de me brancher sur le site OLX[1]. Et voilà, j'ai pu me faire livrer un nouveau pneu pour beaucoup moins cher.

C'était un peu désagréable de se retrouver face à cet aigrefin, mais en réalité, je sais qu'en ce moment, les civils se décarcassent pour aider les militaires au front. À propos de voitures, je pense par exemple à mon collègue écrivain Andrii Lubka qui est devenu depuis l'invasion un «dealer» de voitures: il organise des collectes de fonds et il a fait parvenir deux cents véhicules à différentes unités de combat. Pas mal, non?

Les bénévoles! Avant, c'était un terme qui désignait une catégorie très spécifique de personnes, passionnées, généreuses, dotées d'un sens du sacrifice... mais aujourd'hui, plus de la moitié du pays fait du bénévolat, donne une partie de son salaire, aide ici ou là (et les militaires font de même). C'est impressionnant.

Je t'ai déjà dit à quel point ça me touchait quand des inconnus que je croise me disaient juste

---

1 — Site ukrainien de petites annonces.

« merci ». Tout simplement. Un humain rencontre un autre humain et le remercie. Je l'admets : ça me gêne. Il est arrivé que je dirige un groupe de militaires et que, tout d'un coup, les gens dans la rue se mettent tous à nous applaudir. À ce moment-là, j'étais un peu dérouté. Car finalement, nous aussi, nous étions comme ces gens, des civils, il y a encore si peu de temps. Y a-t-il donc une frontière invisible qui nous sépare, eux les civils et nous les militaires ?

J'ai ouvert Instagram. Il y a tout un long fil qui évoque ceux qui ont péri au combat. C'est presque une routine, une bien triste routine à mesure que l'Ukraine s'enfonce dans cette guerre qui n'en finit pas. Au début, nous rêvions que tout ça se termine fin 2022 ; moi, par exemple, j'en étais sûr, je ne sais même plus pour quelle raison. Mais aujourd'hui, je doute qu'on en ait fini fin 2023… Nous avons besoin d'avions de combat, nous avons besoin d'engins de déminage, nous avons besoin de chars, nous avons besoin de munitions, nous avons besoin d'armes… de tellement de choses… Et plus le temps passe, plus nous perdons des hommes. Et ceux-là, ceux qui sont morts, ne reviendront jamais…

Mais dans ce fil des morts, ce fil sinistre, tu vois aussi tellement de civils. Dans des villes, dans des villages, victimes de bombardements… Et pire encore, tu vois des personnes que tu connais. Comme Vika Amelina… Notre Svetlana Alexievitch. Elle préparait son livre, à partir de témoignages de victimes de la guerre, et ce livre, ça aurait été le livre non pas de la guerre d'Afghanistan comme dans *Les Cercueils de zinc*, mais notre guerre, cette guerre qui menace notre identité, défie notre civilisation tout entière.

Voilà pourquoi la mort de Victoria Amelina est si tragique… Bien sûr, le vide est irréparable pour ses proches, pour ceux qui l'aimaient, mais il l'est également pour toute notre société. Sa voix ne sera plus. Son récit ne sera pas écrit. Et à ce moment-là, tu comprends qu'en fait, il n'y a pas de frontière entre les militaires et les civils. La guerre est partout. Y compris en dehors du pays.

Chacun fait ses choix, pose sa propre ligne de démarcation entre ce qu'il est juste ou pas de faire, décide soit de vivre comme avant, en poursuivant ses propres intérêts – et ça, que ce soit sur le front, ou loin du front –, soit de vivre en ayant conscience que nous sommes tous connectés, que nous devons être tous ensemble pour sauver notre maison. Je suis sûr que tu vois de quoi je veux parler. Ces derniers mois, notre société a démontré une capacité de résilience incroyable, un esprit de solidarité formidable : quelque chose que nos ennemis n'ont jamais connu, en des siècles d'histoire.

Il y a un an, j'avoue que quand je rentrais en ville, j'étais toujours un peu surpris de croiser des groupes de jeunes hommes dans la rue, bruyants, en train de s'amuser et de continuer leur vie tranquillement. Maintenant, ce sentiment d'étrangeté a laissé la place à quelque chose de plus terre à terre : il va falloir remplacer les hommes au front par de nouvelles recrues.

Après dix-sept mois de guerre, on a besoin de prendre du recul. On a besoin de passer du temps dans le cercle de proches, de vivre un peu « en paix », même si c'est pour quelques semaines ou quelques jours…

Autour de moi, on en parle. Et ça revient sans cesse, ce sentiment. Ceux qui se battent depuis le premier jour sont las. Ils veulent qu'il y ait juste une rotation. Des enfants sont nés sans que les pères aient pu les voir. Des enfants ont grandi sans leur père à leurs côtés. Des mères ont divorcé de ces pères absents, car à un moment, c'est difficile de résister à cette pression, cet air qu'on respire, l'air insupportable de la guerre.

Aujourd'hui, j'arrive à regarder calmement et même avec joie des civils qui s'amusent dans les bars ou les cafés, et profitent du temps estival. Nous avons besoin de savoir qu'à l'arrière du front, il existe cet endroit où on se sent bien, parmi les siens, où il n'y a pas de pression, les uns envers les autres, pas de jugement, mais pas d'indifférence non plus. La solidarité c'est quand les uns changent les autres, quand on s'entraide, quand on n'oublie pas ceux qui ont disparu au combat, et quand on conserve leur mémoire, comme un *oberih*[1].

Je n'ai pas envie que tu me traites de façon différente parce que je me sens coupable envers les gars ou les filles qui sont revenus « sur le bouclier », ou envers ceux qui ont perdu un œil, un bras, une jambe. Eux non plus, je sais, ils ne veulent pas qu'on les traite différemment. Nous sommes tous les mêmes. Des humains, faits de cette même pâte humaine.

---

1 — « Talisman », en ukrainien.

Cette guerre m'a permis de comprendre ce que voulait dire le mot « accepter ». Accepter sa condition, mais aussi tout ce qui se passe autour de toi. Je n'aime pas ce sentiment de « pitié », je ne veux pas avoir « pitié » de l'un, de l'autre, car finalement, éprouver de la pitié, c'est aussi se sentir supérieur à autrui. En revanche, ces derniers mois, je crois que j'ai développé, un peu en tout cas, cette capacité d'éprouver de l'empathie. La faculté de regarder le monde à travers les yeux d'autrui. La solidarité naît de ce sentiment : l'empathie.

Et c'est pour cela que je sais comment tu regardes le monde, toi ma joie, dans tous tes actes quotidiens. Non, en vérité, je ne sais pas tout. Mais dis-moi. Je te comprendrai.

Je t'aime,

Pavlo

Mon cher Pavlo,

Je me suis posé beaucoup de questions pour cet été. J'aurais tellement aimé emmener les enfants en Ukraine pour te voir, mais tu as déjà eu tes dix jours de congé en avril. Et avec la contre-offensive, je savais que tu ne pourrais pas te libérer. Est-ce que, dans ces conditions, je peux vraiment aller à Kyiv et mettre en danger les enfants, avec toutes ces attaques de missiles ? Je me suis dit que c'était absurde. Nous avons discuté avec les enfants. Ils se rappellent très bien nos vacances à Lazurne, près de Kherson, en 2021, notre premier grand voyage après le Covid et la naissance de Luka.

À part Odessa, les filles n'ont jamais été dans une station balnéaire ukrainienne, près de la mer Noire. Leon a eu plus de chance. Il était en Crimée avec nous, en 2011, pour le festival Jazz Koktebel. Des jours heureux…

Après l'annexion de la Crimée en 2014, j'éprouvais un drôle de sentiment envers l'idée même de prendre des vacances sur les plages de la mer Noire. Comme près de Kherson. Parce que j'aimais, j'aime tant la Crimée. La Crimée, la mer, les plages de Crimée, ça me rappelle toute mon enfance, toutes les vacances avec maman, quand j'étais petite, quand elle nous emmenait à Yalta, avec toute la famille ; ça me rappelle aussi les escapades à la mer quand nous étions étudiants, mais aussi l'été où j'étais enceinte de Leon, à Dulber. Tous ces souvenirs… Ils sont doux et amers. À tel point qu'après 2014, cela me semblait terrible d'aller sur la mer Noire sans pouvoir pousser plus loin au sud, jusqu'en Crimée... Cela me fait penser à cette phrase dans ton roman: «Cela me fait si mal que nous soyons séparés, désormais. C'est comme une douleur fantôme. Tu es absente, tu n'es plus là, mais pourtant la douleur est toujours bien présente, et chaque souvenir, chaque réminiscence, transperce à nouveau le cœur.»

Je me souviens qu'en 2021, malgré ces réticences, j'ai accepté d'aller à Kherson. C'était plus simple, Luka était encore tout petit, et puis, il y avait toutes les restrictions dues au Covid, alors aller en dehors de l'Ukraine... Quelle bonne inspiration ce fut... Aujourd'hui, avec l'invasion, il ne serait plus possible d'aller à Lazurne.

Notre voyage m'a en tout cas fait découvrir la beauté de cette région, avec ces steppes infinies, les lacs roses d'Oleshky, le désert, les plages de sable fin. Je n'arrive pas à croire que ces endroits paradisiaques soient désormais des zones de combat, entièrement minées.

C'est fou. Il m'a suffi d'évoquer ce simple sujet des vacances avec les enfants pour être submergée par tous ces souvenirs. Et tous, nous nous sommes dit que non, nous ne voulions pas aller à la mer, et ce n'était pas qu'une question de prix. L'avion, tu le sais, comme je n'arrive plus à faire aucun plan en avance, il fallait oublier, c'était trop cher avec nos quatre enfants. Alors nous avons décidé de prendre le train, et d'aller dans les montagnes, en Savoie, en France. J'ai trouvé quelque chose de pas trop cher. J'ai tant besoin de débrancher un peu, encore plus que les enfants, je crois !

Oh que j'aimerais que tu puisses nous y rejoindre. Tu nous manques tellement. J'espère que tu réfléchis sérieusement à ce dont nous avons parlé. Ta démission de l'armée. Il est temps que nous nous retrouvions tous ensemble.

J'ai tellement hâte que nous puissions à nouveau voyager avec toi !

Bisous,

V.

Conversation entre Pavlo et Viktoriya sur Signal

V **Viktoriya**
Bon, alors, tu vas aller à la convocation du tribunal, pour le divorce ? C'est bientôt.

P **Pavlo**
Ah non. Mais tu veux toujours divorcer ????

V **Viktoriya**
Tu sais, rien ne nous interdit de nous remarier.

P **Pavlo**
Même si nous divorçons, restons amants, alors.

Je commence cette lettre en t'embrassant, ma joie.

Après la pluie, un brouillard grisonnant tourbillonne sur la prairie, comme une horde de fantômes.

Un coucou solitaire croasse une mélodie, dans la végétation. Une chatte ronronne à mes côtés. Je viens de lui donner un peu de ragoût à manger. Je crois qu'elle est heureuse, son ronronnement est si sonore qu'il couvre le chant des oiseaux, et même les aboiements des chiens, de l'autre côté du village.

Ce silence… Quel paradis. Il y a juste l'odeur légère de pommes pourries sur l'herbe, qui me rappellent que nous ne sommes pas au paradis. Le coucou s'est approché de moi. Son chant est un tic-tac mélodieux. Des chatons sont en train de miauler dans la grange ; je crois qu'ils appellent leur mère, mais elle n'est pas pressée, elle a l'air de se sentir bien, avec moi, à se prélasser sous le porche. Je me dis, pour plaisanter, qu'elle est comme toi : elle a été épuisée par toutes les tâches du quotidien, si épuisée qu'elle préfère rester là, à ronronner et se reposer. La villageoise qui me loue la maison d'où je t'écris ces quelques lignes m'a dit que c'était la chatte de la voisine. Quand la voisine est morte, au début de l'été, la chatte est venue se réfugier dans sa grange, avec ses trois chatons. Je crois qu'ils l'épuisent, ses petits. Elle est toujours très belle, avec son pelage duveteux, elle se soigne, mais elle est toute menue, maigre, fatiguée. La voilà devant moi, elle miaule et ronronne, non, décidément, elle ne veut pas partir. « Encore quelques minutes », me dit-elle, avec son regard très expressif de chat plein d'intelligence. Et puis, elle se décide à repartir dans la grange, elle disparaît à travers le trou dans la porte. Le brouillard s'est dissipé tout doucement, c'est bientôt le coucher du soleil, enfin la légère fraîcheur du soir remplace la chaleur torride qui nous a assommés ces dernières semaines. Je profite de ce répit, du calme et de la fraîcheur de ce soir qui vient pour au moins commencer ma lettre pour toi. Cette nuit, je serai tendre, je serai doux et je n'écrirai que cela. Et qu'est-ce qui est plus tendre et doux que nos jours ensemble ?

Alors que j'étais en train de t'écrire ces lignes, j'ai reçu une série de photos de la part de mon frère, interminable, comme ces caravanes de Jeep militaires qui vont sur le front Est. Sur ces clichés, nous sommes ensemble, avec papa, après avoir fait du sport, nous faisons des grimaces tous les deux, encore imberbes, nos yeux enfantins. Je ne vois rien d'autre dans ce visage que cette jeunesse éclatante. C'est le soir de mon anniversaire aujourd'hui, l'anniversaire de mes 40 ans, et mon frère a décidé de partager ces souvenirs du passé, de notre jeunesse insouciante, il me semblait alors qu'il serait éternel, ce temps de la jeunesse et de l'insouciance, mais désormais, tout ceci a disparu, irrévocablement, la moitié des personnes sur ces photos ont elles aussi disparu depuis longtemps, et maintenant, nous devons être le pilier, nous occuper à la fois de la génération de nos anciens et de nos enfants. Ça doit être ça, grandir. Papa me manque tellement. Tout comme ta mère te manque... À présent, je réalise à quel point c'est plus précieux de vivre une vie longue et normale que de vivre le bonheur mythique d'un soldat mourant au combat. Il y a un temps pour vivre, un temps pour mourir. Tu sais, j'ai toujours voulu avoir plein d'enfants avec toi, cela me comble. Et nous sommes heureux avec eux. Je veux qu'ils vivent sans guerre. Et pour cela, je t'en suis reconnaissant.

Les soldats ont ramassé beaucoup de chats, de chiens, tout ce petit monde vit désormais sur la ligne de front. Des enfants vivent sur la ligne de front aussi. Je veux que la guerre s'arrête, que nous gagnions. Plus vite. Je veux que toutes nos terres soient déminées. Je veux que toi et moi, nous retournions à Skadovsk et à Jahilgach, notre île de Ja, où les dauphins nagent jusqu'au rivage, et repartent en s'ébrouant vers la mer, en bancs regroupés.

Je veux vraiment tout ça. Et je sais que ça va arriver.

Bonne nuit, ma joie. Je t'aime,

Pavlo

Bon anniversaire pour tes 40 ans, mon chéri !

Nous t'envoyons tous nos vœux depuis les Alpes. Que ta vie soit longue et riche !

J'espère que tu vas pouvoir faire ce que tu aimes le plus, écrire d'autres livres, et qu'ils seront traduits dans le plus de langues possible !

Luka te souhaite « un très gros livre et des dessins » (je te laisse décoder ce qu'il veut dire par cette formule sibylline !).

Laura espère que tu vas rester en bonne santé, fort et heureux ; son souhait est que nous puissions tous très vite revenir vivre ensemble en Ukraine.

Liubava te souhaite une vie pleine de joie.

Leon veut t'envoyer du courage et de la force, pour traverser toutes les épreuves que la vie te prépare.

Iryna te souhaite de célébrer la victoire, dans cette année de ta vie.

Nous t'aimons tous infiniment. Je me sens très reconnaissante d'avoir eu cette chance : à cette date, j'ai passé plus de la moitié de ma vie avec toi, et j'ai reçu tant d'amour, nous avons vécu tant d'aventures ensemble, il y a eu tant d'heures à discuter ensemble, à rêver ensemble.

Pour les cadeaux, tu devras attendre le moment où enfin on se verra, en chair et en os, et alors nous pourrons tous t'embrasser et t'enlacer !

Bisous,

V

Mon amour,

Aujourd'hui, je t'écris ma lettre d'anniversaire.

Je ne sais pas pourquoi, mais dans notre pays, il y a comme une gêne à célébrer son quarantième anniversaire. Pourtant, quand on y pense, c'est le plus bel âge, pour un homme. Avec l'augmentation de l'espérance de la vie, le fait qu'on mûrit peut-être plus lentement, de nos jours, je dirais que, à 40 ans, ce nouvel âge du Christ, un homme est prêt à accomplir les choses les plus significatives de sa vie. Selon l'histoire que nous conte la Bible, c'est aussi l'âge auquel on doit être prêt à mourir pour son idéal.

Ou pour sa famille. Ou pour sa patrie. Dans ce cas, cet âge-là a singulièrement reculé. L'âge du Christ commence dès 18 ans. L'enthousiasme juvénile à la guerre est vite balayé, sans attendre les 30 ou 40 ans.

L'un des commandants de bataillon dans notre brigade a été transféré, après une opération militaire infructueuse. Celui qui l'a remplacé a été blessé dans la première bataille. Alors le commandant actuel en intérim est un tout jeune homme de 23 ans. Il s'appelle Seraphim, comme un ange. Un nom assez inhabituel pour notre époque ! Mais il est diplômé d'une école militaire, c'est un vrai officier fantassin, qui démontre bien cette règle qu'en temps de guerre, un bataillon peut être commandé par un jeune garçon, pour peu qu'il soit capable. Il est petit, bien bâti. Et je me dis que lui, il a atteint son « âge du Christ », sans même s'en rendre compte. J'espère qu'il vivra une vie longue et heureuse, où il connaîtra autre chose que la guerre, les décorations militaires, le souvenir de ses camarades tombés au combat, l'empreinte de chaque ligne boisée que nous avons prise.

Bien sûr, à chaque fois que je dis « l'âge du Christ », je pense à la mort, cette mort qui a fauché tant d'entre nous ces derniers dix-huit mois de guerre.

Notre attitude envers la mort a changé. Les gars, ici, vivent et meurent, personne ne veut trop se poser de questions, tout le monde fait des blagues sur la mort.

La dernière fois, alors qu'on était en train de sélectionner des combattants pour les troupes d'assaut, un soldat à la main bandée a dit : « Ce qui est bien pendant l'assaut, c'est que tu ne laisses pas les choses se passer. Oui, t'es mal barré, on te l'a mis bien profond, mais toi aussi, tu la mets bien profond. »

Moi aussi, je crois que j'ai arrêté d'y penser trop. Même si, récemment, je regardais la photo de groupe d'un de nos bataillons, celle qui avait été prise une fois le cours de formation militaire terminé. À l'époque, je me souviens, je n'ai pas voulu être pris en photo, mais ils ont insisté. Je savais que dans cette photo de groupe, parmi tous ces soldats que j'avais formés, il y aurait des morts. C'était une photo de gens bien vivants, mais dont certains ne le seraient plus sous peu…

J'ai l'impression que la temporalité a changé. Ma notion du temps, en tout cas. Ma façon de voir, aussi, comme si je voyais ça à travers des lunettes différentes. En temps de guerre, la mort, le fait de tuer, ce n'est pas totalement perçu comme quelque chose d'ordinaire, non – il reste quelque chose de mystique, pour ainsi dire, dans cette transition entre vie et mort –, mais c'est vrai que c'est beaucoup plus simple que dans la vie civile. Franchement, quand j'étais élève officier à l'École militaire, je n'imaginais pas qu'un jour, je me sentirais prêt à tuer.

Cette dernière année, j'ai beaucoup voyagé avec l'armée, à travers l'Ukraine. J'ai vu beaucoup de morts sur la route. Je me souviens du lundi de Pâques, le 15 avril, il y avait un embouteillage sur une route, après une collision. Il y avait plusieurs cadavres recouverts sur le bitume. L'un était en train d'être extirpé d'une vieille Lada. Est-ce que ces gens étaient prêts pour leur rendez-vous avec l'éternité? Je ne sais pas pourquoi, mais, roulant à côté de ces cadavres, j'ai ressenti une stupeur immédiate. À la guerre, en revanche, on remet toutes ces émotions à plus tard – ça devient ensuite un TSPT[1] ou quelque chose d'autre.

Pendant la guerre, les généraux qui sont aux manettes ne voient pas en face d'eux des hommes

1 — Trouble de stress post-traumatique.

de chair et de sang, ils voient la tâche qu'on leur a assignée, la carte et les ressources disponibles : les armes, les équipements militaires, les munitions et les soldats. Alors, oui, la mort n'a dans ce cas plus rien de mystique. La mort d'un soldat, c'est juste une ressource en moins, et cela jusqu'au moment où le cercueil est arrivé à la maison. C'est pour ça qu'il nous est interdit d'appeler la famille directement et de les informer de la mort d'un de nos frères d'armes. L'armée veut que l'annonce soit faite par un représentant officiel de l'armée.

Aujourd'hui, j'ai écrit à un ami militaire et je lui ai proposé de lui envoyer par la poste *Les Cercueils de zinc* de Svetlana Alexievitch. Je me suis rendu compte que c'était un peu de l'humour noir... Avoue que ça ressemble à notre réalité... Alexievitch raconte comment l'URSS a tenté de cacher cette guerre. Elle envoyait des types ordinaires commettre des atrocités dans un pays étranger... Tout comme des soldats de Pskov[1], âgés de 18 ans, ont violé, torturé, à

---

1 — Dans la ville de Pskov est stationnée la division aéroportée russe qui a commis les crimes de guerre à Bucha.

Bucha, Borodianka, Hostomel. Je n'ai pas besoin de lire des choses sur la guerre, Remarque, Alexievitch, Artem Czech ou Tamara Horikha Zernya ont déjà écrit sur ce que, malheureusement, nous voyons maintenant de nos propres yeux. J'ai commencé à relire *Les Cercueils de zinc* ; c'était intéressant de reconnaître ce que nous vivions tous, mais je me suis arrêté à la page 150 : tout ce qu'elle décrit est devant moi, désormais, et même je dirais que c'est pire, car tout est plus familier, plus proche, plus douloureux. Mais je sais pourtant que nous devons continuer à écrire, inlassablement, pour que notre voix ne soit pas noyée par les sirènes de Moscou, pour que le sacrifice de nos soldats ne soit pas vain, pour nos amis écrivains morts qui n'écriront plus, auxquels je pense tout le temps. Oui, il faut écrire.

J'en vois si souvent sur la route, des voitures avec l'inscription « Sur le bouclier » : ils évacuent les morts. Ils reviennent de l'est, et se dirigent vers l'ouest. Et les cimetières sont aujourd'hui envahis par nos drapeaux bleu et jaune, sur les tombes fraîches, ces drapeaux qui supportent le ciel, comme les ailes d'un ange. Je veux croire que Seraphim, le nouveau commandant de bataillon en intérim, sera un ange pour les vivants, qu'il les sauvera grâce à son talent militaire.

Je crois que cette lettre n'est pas vraiment une lettre d'anniversaire. Mais je veux conclure sur quelque chose de positif. J'ai lu récemment qu'il y avait un projet de loi pour conserver gratuitement le matériel reproductif humain pour une durée de cinq ans. En temps de guerre, ça me semble une très bonne initiative, pour préserver la vie des futures générations : les meilleurs d'entre nous sont au front. Je suis à 100 % pour cette proposition de loi. Même si j'admets que nous n'en aurons pas besoin, toi et moi.

Non pas parce que nous avons déjà quatre enfants. Mais parce que, *divtchynko*, étant désormais quadragénaire, j'ai l'intention de vivre encore au moins quarante années de plus. Et toi de même.

Je t'aime,

Pavlo

Mon amour,

Je viens de t'écrire il n'y a pas si longtemps, mais me revoilà. Je n'y peux rien, tu es la femme de ma vie – et crois-moi, je m'en suis d'autant plus rendu compte avec la distance. Quand des milliers de kilomètres nous séparent, il y a deux solutions : soit tout s'écroule en miettes, soit on réalise qu'on est faits l'un pour l'autre. Avec tous nos défauts, mais aussi avec ce parfum magique de l'amour.

Tu sais à quel point j'adore le tennis. Aujourd'hui, j'ai regardé sur Instagram des vidéos avec Gaël Monfils et Roger Federer. J'ai été très impressionné par une vidéo de Federer où on le voit sur le court, après le match ; il enlace sa femme et lui chuchote quelque chose dans l'oreille pendant un très, très long moment. Et puis il lève la tête, les yeux pleins de larmes. Et elle aussi. Même sans entendre les mots, je devine ce qu'il lui disait. Je le devine car ce sont les mêmes mots que j'ai pour toi. *Divtchynko*, sans toi, je n'existerais pas. Pas trop de choses comptent pour moi dans ce monde. Je sais pertinemment pour qui je suis allé me battre et pour qui je vais revenir. Moi qui me targuais d'être un self-made-man, je réalise que je n'avais pas vu à quel point tu m'avais fait aussi, à quel point tu m'as aidé à être celui que je suis. J'ai eu quinze mois pour réfléchir à toutes les questions que j'avais en moi. Je crois que j'en ai fait le tour, j'ai l'impression d'avoir répondu à ces questions, de voir clair en moi. Peut-être que je ferai une thérapie, après la guerre, mais quelque part, cette guerre en est déjà une.

Maintenant, je sais à quel point tu es une femme indépendante et déterminée. Tu vois, je ne dis pas « ma femme ». Je sais que tu ne m'appartiens pas. Tu es avec moi, tu m'accompagnes.

Sur Instagram aussi j'ai été frappé par un post sur le fossé qui se creusait entre les Ukrainiens qui ont quitté le pays et ceux qui sont restés. Parce qu'ils vont avoir vécu une expérience différente, des inquiétudes et des soucis différents, et parfois même ont des valeurs différentes. Ce post a remué plein de choses en moi. J'ai lu les commentaires. Beaucoup écrits par des femmes, certaines qui sont parties, d'autres qui sont restées. Quelques commentaires écrits par des hommes qui sont restés, évidemment. Oui, de façon évidente, il commence à y avoir, peut-être pas un conflit, mais en tout cas une discussion sur ce sujet très sensible. Certains pensent que quitter son pays, dans ces temps difficiles, c'est presque un crime. D'autres disent que ce n'est pas très éthique de blâmer un réfugié ukrainien qui essaie d'aider de l'étranger autant qu'il le peut, et parfois même plus que quelqu'un resté au pays. Comment condamner quelqu'un qui a trouvé l'amour à l'étranger, qui décide de ne plus rentrer? Il y a tellement d'histoires personnelles, impossible de les compter, ce sont comme plein de cailloux dans la paume de ta main, il faudrait les trier, les examiner chacun, regarder les raisons des actions qui ont provoqué les actes des uns et des autres.

Toi et moi, nous sommes une de ces familles séparées par une frontière. Moi, je ne dirai jamais rien aux femmes, ni même aux hommes, qui ont quitté le pays pour fuir la guerre. Oui, c'est vrai, ça m'a fait enrager de voir ces hommes en pleine santé qui ont traversé la frontière en versant des pots-de-vin, avec des papiers falsifiés, ou ces femmes qui ont décidé d'en profiter pour « voir le monde », grâce à la vague mondiale de solidarité envers l'Ukraine. Mais il y a aussi des soldats sans aucune éthique, au front, des gens à qui je ne serrerai jamais la main ! Pareil chez les volontaires. Mais ce serait tellement injuste de généraliser à partir de ces quelques cas individuels. Alors que tout notre pays est tendu, aujourd'hui, comme une corde de violon, je crois que nous sommes tous unis, militaires et civils, en Ukraine ou à l'étranger.

Avec tous les mouvements migratoires causés par l'invasion russe, je crois même qu'une nouvelle forme de nation ukrainienne est en train de surgir. C'est notre diaspora. Et nous sommes chanceux, car nous avons encore notre terre, même si nos ennemis ont tenté de l'envahir pendant des siècles. Avoir une terre, c'est un privilège qui n'est pas accordé à tous ! Sur cette planète, il y aurait, a minima, au moins 650 groupes ethniques, et seulement 190 pays. Quelle bénédiction d'avoir un pays, une terre promise, quoique baignée de sang et de larmes, car sinon nous avons perdu tant de vies pour la défendre, pendant des siècles… Ce pays sera le nôtre pour toujours, gravé dans notre ADN culturel. Nous le défendrons bec et ongles.

Nous avons aujourd'hui une des plus grandes diasporas du monde. L'Irlande, la Moldavie, la Bosnie-Herzégovine, la Syrie, l'Arménie, le Portugal. Maintenant, l'Ukraine entre dans cette liste. Nous allons devoir vivre avec ça : nous aimer, nous entraider, quel que soit le pays où nous sommes.

Tu te souviens du cours de géostratégie quand j'étais à HEC ? J'ai eu un A à ce projet, où j'avais comparé la situation d'Israël et de l'Ukraine. J'avais alors écrit que l'approche d'Israël, une nation qui tire une grande partie de la puissance de sa diaspora, cela me fait penser un peu à nous, les Ukrainiens.

Je ne crois pas que ceux qui ont quitté le pays soient plus heureux, plus insouciants. J'ai vécu à l'étranger pendant trois ans, alors je sais de quoi je parle. Et toi, tu y habites maintenant. Parfois, les nuits, il me semble que j'entends tes larmes, malgré les 3 000 kilomètres qui nous séparent.

Je voudrais que l'Ukraine autorise la double nationalité (sauf bien sûr avec les États terroristes comme la Russie) et que nos garçons et nos filles puissent venir faire leur service militaire au pays, quel que soit l'endroit où ils vivent, quelles que soient leurs autres nationalités. Aujourd'hui, alors que nos empreintes digitales sont presque plus importantes que les empreintes physiques, je ne sais pas si on peut parler de « territorialité ».

Je ne veux pas commencer à compter le nombre de missiles et mesurer la distance kilométrique des uns et des autres par rapport aux frappes.

De toute façon, la vie a changé pour tout le monde, du tout au tout. Nous allons apprendre à vivre avec. Je ne sais pas dans quel état ni où je serai quand j'aurai quitté l'armée. Je sais juste que je veux être avec toi, mais aussi avec mon pays. Et je sais que je peux être avec mon pays de plein de façons différentes.

Pour moi, la plus grande bénédiction, c'est de pouvoir vivre à la maison et de regarder notre ciel. C'est plus important que le fait d'avoir une bonne sécurité sociale ou un réseau efficace de transports en commun. Je ne peux pas juger, je ne sais pas qui sont les plus heureux, les plus privilégiés : ceux qui sont restés ou ceux qui sont partis. Nous sommes tous, avant tout, des Ukrainiens. Maintenant, et demain, quand la guerre se terminera. Nous reconquerrons notre terre. Mais la terre a besoin de son peuple, qu'il soit proche ou lointain : elle ressent tous et elle redonne de la force.

Je t'embrasse, mon Ukrainienne, et j'embrasse nos enfants ukrainiens,

Ton capitaine Matyusha

Silence et chuchotements

Pavlo explique que sa mère a peur que nous évoquions l'histoire de leur famille. La peur est enracinée en elle. « Quand elle parle, elle chuchote », dit Pavlo. C'est drôle car c'est exactement pareil avec ma tante. Elle chuchote quand elle évoque le passé.

Mon histoire est faite de trous et de silences, je ne la trouve pas dans les livres d'histoire. Mon père est aphasique depuis dix-huit ans. Et j'ai dû slalomer entre tous ces silences pour tenter de combler les blancs.

Le silence a semé ses graines dans nos familles. Il a poussé un peu partout. Les secrets pendent de nos branches comme des fruits lourds et odorants, des durians, les fruits préférés de ma mère, dont le nom signifie « mélancolie intime ». Sous ce feuillage nourri de secrets, on étouffe.

Je crois que ma tante comme la mère de Pavlo chuchotent quand elles parlent du passé car elles savent que la parole peut être dangereuse, et particulièrement dans des pays communistes où chacun épie l'autre. De la Russie de Poutine au Vietnam post-1975, en passant par la France collaborationniste : la parole est une arme, et c'est pour cela qu'elle peut être si dangereuse.

Dans Shakespeare, le poison est versé dans les oreilles. C'est ainsi que le père d'Hamlet périt. Par les oreilles.

On doit pouvoir se boucher la mémoire, comme on se bouche les oreilles.

Mon cher Pavlo,

Je t'écris des montagnes bleues des Alpes, bien qu'en réalité elles soient vertes. Mais elles me rappellent mes montagnes bien-aimées des Carpates[1]. Cet endroit si particulier où je me sens puissante, où je me ressource. Les Alpes sont très différentes, mais à la montagne, tu sens toujours cette énergie magique, magnétique, qui me fascine et m'inspire. Je me sens comblée, ici. Parce que les montagnes sont éternelles, et qu'à côté d'elles, tous nos inquiétudes, nos soucis sont passagers. Et puis ici dans les Alpes, je peux laisser mon esprit voguer vers mes Carpates bien-aimées et tous nos souvenirs. De ce tout premier voyage quand nous étions étudiants à la fac, en 2001, à ce dernier, après l'invasion, alors que nous cherchions un refuge temporaire pour notre famille. Je repense à ces instants de 2022, et je crois que nous avons pris les bonnes décisions.

Ce voyage de quarante-huit heures pour évacuer Kyiv, avec Luka, pour te rejoindre toi et les grands, coincés quelque part dans les montagnes car votre

---

1 — En Ukraine, on appelle souvent les montagnes des Carpates les montagnes bleues.

train s'était arrêté en route à cause de la guerre, c'est le pire moment de ma vie, et j'espère n'avoir jamais à le revivre. Je me souviens que j'étais sortie de la voiture, je tremblais, et puis les larmes ont commencé à couler, j'étais en train de craquer et heureusement que tu étais là, pour m'enlacer et m'apaiser avec tes mots d'amour, me faire revenir à la raison. Je ne savais pas ce qui se passerait ensuite. Mais nous étions ensemble. Alors j'avais la foi. Je savais que tout irait bien. C'est aussi pour cela que j'insiste tellement pour que tu nous rejoignes, nous, ta famille.

Au début, je crois que j'étais dans le déni. Je me disais que tout ceci n'était qu'un cauchemar stupide qui disparaîtrait très vite. Et je n'arrivais pas à me résoudre à quitter l'Ukraine, même si nos amis, un peu partout en Europe, insistaient pour que je parte, me proposant de nous héberger. Je suis restée en Ukraine pendant ces premiers mois de la guerre, je suis partie ensuite, en toute conscience : je comprends donc les arguments de tous les camps. Cette division dans notre société, entre ceux qui sont restés, ceux qui sont partis… J'espère qu'elle disparaîtra aussi : tout le monde est encore très à vif.

Je me souviens de notre obsession, au début de la guerre, de faire du bénévolat, dès que l'occasion se présentait. Nous voulions absolument nous rendre utiles. Nous avons organisé des collectes pour acheter des drones, des radios de télétransmission, des médicaments, des kits de protection en cas d'attaque chimique, des gilets pare-balles et je suis particulièrement fière d'avoir, grâce à Anton, pu acheter et expédier cinquante collimateurs de réglage optique[1]. Le volume semble ridicule, mais en mars 2022, tout était utile pour repousser l'envahisseur.

Mais je sentais que pour toi, ce n'était pas suffisant. Mon groupe de traducteurs a commencé à traduire de façon bénévole le 24/7 télémarathon national diffusé également sur YouTube, vingt-quatre heures sur vingt-quatre, sept jours sur sept. J'avais une rotation de deux heures, tous les jours. Pouvoir faire mon métier, m'organiser pour être efficace, cela me donnait l'impression d'être utile. Mais toi, je sentais que tu piaffais. Tu étais déprimé, tu te sentais inutile. Et même si nous nous démenions pour aider

1 — Matériel militaire.

les soldats au front, nous restions à l'arrière, dans les belles montagnes des Carpates. En sécurité, ou à peu près. J'ai senti tout de suite que tu voulais être dans la bataille. Tu étais fébrile, nerveux, ton côté « guerrier » ne tenait plus en place. Tu continuais à faire des allers-retours à Kyiv alors que la capitale était assiégée, j'avais peur pour toi. Mais je comprenais déjà que tu ne résisterais pas. Que tu allais t'engager. Que tôt ou tard, tu rejoindrais l'armée.

La première fois que tu es allé à Kyiv, c'était début mars. Tu étais parti récupérer le petit Ihor, 9 ans ; ses parents étaient à l'hôpital, leur voiture avait été mitraillée quand ils ont tenté de fuir Vorzel, près de Bucha. Tu ne t'inquiétais pas du tout des risques, tu craignais juste de ne pas pouvoir prendre le train d'évacuation de Kyiv avec lui, comme tu étais un homme…

Pendant ces quelques semaines dans les Carpates, Ihor a été notre cinquième enfant. Je me souviens de sa joie de vivre, de sa façon calme et tranquille de nous raconter les choses horribles qu'il avait vécues : il est devenu un symbole d'invincibilité. J'étais si heureuse quand sa famille a pu être évacuée de l'hôpital militaire vers l'Allemagne : c'est ce qui a sauvé les jambes de sa mère, qui auraient dû être amputées, sinon.

Je lui ai écrit récemment pour lui souhaiter un bon anniversaire. Après un nombre incalculable d'opérations, elle est finalement en train de réapprendre à marcher. Bien sûr, on lui a volé un an et demi de sa vie mais je crois qu'on peut considérer qu'ils ont eu de la chance, malgré toutes leurs blessures. Ils sont ensemble et bien vivants, à Berlin. Je lui ai proposé de m'envoyer par bus Ihor et sa grande sœur Katia, qui s'est complètement remise de sa blessure au poumon, atteint par les balles. Paris, ça les changera un peu. Moi, je compte passer mon mois d'août à Paris avec les enfants.

Bref, je vais avoir six enfants pendant quelque temps. Pas tous de toi, ne sois pas jaloux (au fait, moi aussi, je soutiens la proposition de loi de rendre gratuite la congélation de spermatozoïdes).

Il y a pas mal d'initiatives positives en Ukraine, maintenant. Par exemple, ce portail de don de sang à destination des animaux qui vient de se lancer. Il y a 70 000 animaux dans les abris, en ce moment. Des chiens, des chats, mais aussi des chevaux, des moutons, des vaches et même des lions et des tigres qui ont été évacués des zones de combat. Qui garde un tigre chez lui ? Je me le demande ! Bien sûr, si tu fuis, ce n'est pas une très bonne idée de laisser dans la nature un serpent ou un tigre domestique, mais bon, après tout, personne ne sait exactement ce qui s'est passé, c'est si facile de juger !

Tu te souviens de nos voisins ? Ils ont quitté Kyiv le 24, pensant partir seulement pour quelques jours, une semaine tout au plus. Mais les gens qui les conduisaient en voiture ont refusé de prendre la cage avec le perroquet. Alors ils ont mis de l'eau à disposition pour l'oiseau, de la nourriture, et ils l'ont laissé dans l'appartement en espérant qu'il survivrait. Quand tu es rentré à Kyiv, trois semaines après, ils t'en ont parlé et ils t'ont demandé si tu pouvais aller le récupérer. Tu n'as pas hésité une seconde. Même si tu étais persuadé que l'oiseau n'avait pas survécu. Je me souviens que tu m'as appelée en visio tandis que tu inspectais leur appartement, je crois que tu avais peur de te retrouver devant le premier mort de cette guerre, seul. Tu n'as rien trouvé, ni dans la cuisine, ni dans la chambre, mais tu n'avais pas bien regardé dans l'entrée, et quand tu t'es approché, tu as vu cette drôle de petite créature jaune et verte, qui dormait dans un coin et qui a bougé une aile quand tu m'as crié : « Je l'ai trouvé ! » On était si contents ! Tu m'as alors dit que ce perroquet, c'était le symbole que l'Ukraine survivrait, malgré tout.

Tu sais que le perroquet va très bien. Il est avec ses propriétaires, dans les Carpates.

Et moi, je suis dans les Alpes et je rêve de nos montagnes. J'écoute la mélodie des cloches des vaches, c'est la même que celle des vaches ukrainiennes. Comme quoi, beaucoup de choses sont universelles. Comme l'amour, qui, je ne sais comment, réussira à sauver le monde.

Je t'aime.

Bisous,

V.

Mon amour,

Je voulais t'écrire quelque chose de doux, mais puisque nous avons décidé de tout nous dire, d'être toujours vrai l'un avec l'autre, cette lettre va te parler de la réalité, vraie et brutale. La nuit dernière, plusieurs officiers de mon unité sont morts. Une attaque de missiles. Frappe directe. Oui, il s'agit de personnes que je connaissais. Nous avons réussi à récupérer deux femmes et deux hommes des décombres. Mais il y en a d'autres. Ce n'est pas un endroit accessible pour les services d'urgence. C'est une putain de journée de merde ! Faut que j'arrête de parler, là. Je vais continuer, mais dans un nouveau paragraphe…

Je crois qu'il nous suffit de peu pour être heureux. Être vivant, avoir sa tête, ses bras, ses jambes. Ça suffit. Un être humain, c'est fort. Et non, pourtant. Ce moment entre la vie et la mort, il est aussi bref que le moment de la libération d'une énergie de l'explosion.

Je pense à Eleonora, une belle jeune femme, un lieutenant-colonel de mon unité ; elle a un enfant, quand elle parle, elle fait toujours des blagues tellement drôles, parce qu'elle est habituée à n'être que dans des groupes d'hommes, elle est petite, athlétique, ses cheveux soigneusement attachés, selon les règles militaires. Et après la décharge de l'explosion, voilà, elle n'est plus elle-même. Elle n'est plus. C'est insupportable.

Ou à Yulia, encore très jeune. Elle est également officier, toujours de bonne humeur, si jolie, très sincère. Elle a sans cesse plein d'idées nouvelles, et autour d'elle, les gens deviennent meilleurs, car elle leur transmet toute son énergie positive. Yulia et Eleonora sont les premières à avoir été récupérées. Ça s'est passé juste comme ça. Quant aux autres… Tant que les corps ne sont pas trouvés, on considère qu'ils sont portés disparus. Disparus sous les débris. J'aimerais te parler d'autre chose, de quelque chose qui ne me fait pas aussi mal…

En avril, quand nous sommes revenus de la formation au combat à l'étranger, je me rappelle avoir attrapé le regard pensif de nos soldats, dans un avion qui revenait en Pologne, avant que nous ne reprenions la route pour l'Ukraine. L'avion venait d'atterrir. Et il y a eu un moment fugace, où la même idée est survenue dans la tête des soldats qui avaient passé le trajet à dormir, discuter ou jouer sur leur téléphone. L'un d'eux a dit à son voisin : « Nous nous souviendrons de cet avion, si tranquille et confortable. » Oui, très bientôt, vous allez vous en souvenir comme d'un petit enclos, protégé de tout, agréable et loin du danger. Vous, mes amis soldats, je me souviendrai de vous toute ma vie. Je ne connais même pas vos noms, et franchement, j'en suis heureux. Il ne faut pas s'attacher, pendant une guerre, c'est nuisible à la santé mentale. Regarde notre amie Cuba… Elle s'est attachée, elle est même tombée amoureuse d'un soldat de son unité, et voilà, il est mort. Et que reste-t-il de tout cela ? Que la douleur et la blessure, béante, dans ton cœur. D'aucuns évoquent les souvenirs, leur lumière précieuse. Oui, c'est vrai. Mais cette lumière, elle ne t'apaise qu'au bout de quelques années. Au début, il n'y a que la douleur. Donc, moi, je crois qu'il ne faut surtout pas s'attacher. Moi, je connais le prénom d'Eleonora et de Yulia, et ça me fait un mal de chien.

J'ai encore dans mon téléphone nos échanges avec Elia[1] sur Messenger. C'était à un moment où la situation était un peu tendue, on va dire ; il fallait préparer très vite plein de documents formels pour la formation de nos bataillons. Elle devait faire des cartes, et on a échangé à l'époque. Son dernier message, c'était un « + ». C'est un code, dans notre jargon militaire, pour dire tout est OK. Dans sa photo de profil sur Messenger, elle est souriante et heureuse, elle enlace son jeune fils, habillé en costume de marin. Je l'ai regardé quelques fois, sa

1 — Diminutif pour Eleonora.

photo de profil. Avec Yulia, la dernière fois, nous avions échangé, justement, des photos souvenirs, des bons souvenirs. Elle était toujours de bonne humeur. Elle n'avait pas d'avatar sur son profil. J'ai commencé à scroller sur la messagerie Signal, et j'ai réalisé que j'avais plein de ces contacts fantômes sur mon téléphone. Ils ne répondront plus à mes textos. Ils ne m'enverront plus un «+» pour me dire que tout va bien.

Je crois que cette frappe a cassé quelque chose en moi.

Mais je vais aller mieux, je te promets. D'ici notre prochaine lettre.

Prends soin de toi. Et continue à m'envoyer un doux réveil tous les matins. Cela me fait tellement de bien.

Je t'aime,

P.

Mon cher Pavlo,

Je suis tellement désolée pour tes collègues… Je ne peux pas te consoler, mais je te comprends.

Tu le sais, depuis la mort de ma maman chérie quand j'avais 15 ans, je m'étais promis que je ne m'attacherais à personne, parce que ça fait trop mal quand on perd quelqu'un qu'on aime.

Je me souviens que, quand j'étais petite, j'avais un ami qui s'appelait Mitya, qui habitait dans l'immeuble d'à côté. Il vivait avec ses grands-parents ; ses parents étaient engagés dans la marine, ils étaient quelque part dans le Nord, dans un bateau. Nous étions très proches, Mitya et moi, c'était une de ces amitiés qu'on ne vit que dans l'enfance, brèves et intenses ; on passait toutes les soirées ensemble, à jouer. Et puis tout d'un coup, quand j'ai eu 7 ans, mes parents m'ont dit que je ne pouvais plus aller les voir, lui et ses grands-parents. Je ne me souviens plus exactement du prétexte qu'ils ont invoqué. En fait, ils ne savaient pas comment me dire que Mitya avait été tué dans un accident de voiture avec son cousin. Seuls ses grands-parents avaient survécu. Mes parents m'ont dit la vérité au bout d'une semaine. Ma mère avait décidé que ce serait mieux que je me confronte à cette réalité, plutôt que de cacher une vérité qui tôt ou tard ressurgirait. J'étais désorientée. Je pleurais, pleurais… Et puis nous sommes allés chez les grands-parents de Mitya pour la commémoration du neuvième jour après sa mort. Je me souviens qu'il y avait encore tous ses jouets. Et puis son perroquet, tout seul. C'était terrible. C'était comme un vide immense, impossible à combler. Aujourd'hui encore, je me souviens très précisément de Mitya. Je suis sûr que je me souviendrai de lui toute ma vie. Pourtant, je ne suis jamais allée sur sa tombe. Peut-être une ou deux fois, quand j'étais petite, avec mes parents, mais adulte, jamais. Sans doute qu'il faudrait que j'aille le voir, un jour. Pour régler cette histoire. Et mon incapacité, toujours, ma peur plutôt, à m'attacher à quelqu'un. Aujourd'hui encore, j'ai dû mal à faire de la place à une amitié nouvelle, à me confier, à faire rentrer quelqu'un dans ma vie, j'ai toujours peur de m'attacher. Après la mort de Mitya, mon autre meilleure amie, Anichka, a immigré aux États-Unis avec ses parents, et pendant toute ma jeunesse, je ne parvenais pas à me faire des amis, alors que tu sais que je suis plutôt quelqu'un de sociable. Tu te souviens ? J'ai voulu rompre avec toi, deux mois après le début de notre relation. J'avais peur d'être trop impliquée, émotionnellement. Tu m'as alors enlacée et tu m'as dit que tu ne me laisserais m'enfuir nulle part.

Je n'ose imaginer ce que doivent ressentir ces enfants qui apprennent que leurs parents sont morts, tués par un missile russe, un drone ou je ne sais quoi d'autre. Que vont-ils devenir ? Comment se construire, grandir, avec cette absence ? J'ai tellement de peine pour le fils de ton amie officier Eleonora...

Quand tu m'as dit que tu allais rejoindre l'armée, je t'ai soutenu, parce qu'à ce moment-là, moi aussi je me sentais prête à faire comme toi, à tout faire pour défendre notre pays. Le pourcentage de femmes dans l'armée ukrainienne est un des plus élevés au monde. Alors ça m'a semblé naturel. Plus tard, quand je me suis retrouvée toute seule en France avec les enfants, avec tout le fardeau du quotidien que je devais gérer, toutes les incertitudes, et parfois ce désespoir qui m'envahissait, je me suis sentie complètement abandonnée. Et j'étais très en colère contre toi. J'avais peur de te perdre, d'abord. Mais aussi, je me sentais lésée. Je devais m'occuper de tous ces petits détails de la vie quotidienne, tandis que toi, tu remplissais ton devoir, ta mission, tu défendais ton pays. Je voulais avoir les mêmes droits que toi. Pouvoir moi aussi aller défendre mon pays.

Je t'ai même suggéré d'échanger nos places, au bout d'un an. Toi, tu resterais avec les enfants en France et moi, j'irais à l'armée. J'ai même eu une offre de recrutement d'une unité… Je ne me souviens pas de ce que tu m'as alors répondu. Non, je suppose. Plus tard, j'ai compris que je n'avais pas ce droit-là, parce que j'avais la responsabilité de nos enfants, de leur futur. Bien sûr, on n'est jamais sûr de rien, mais prendre un risque supplémentaire, intentionnellement, ce n'est pas très sage, quand on est une mère de quatre enfants. Nos enfants sont déjà suffisamment inquiets avec toi à l'armée, et moi qui dois souvent voyager pour le travail.

Ils ne me montrent pas leur anxiété, mais je sais déchiffrer leurs mots et leurs regards. Laura dit qu'elle voudrait être interprète comme moi, mais sans les déplacements professionnels, pour pouvoir rester avec ses enfants… Ou quand nous discutons de ton retour. Je leur ai dit que si tu revenais, ce serait toi et non quelqu'un d'autre qui serait à leurs côtés, quand je dois m'absenter pour le travail. Liubava m'a alors dit que je n'avais pas compris. Ils voulaient avoir leurs deux parents avec eux, au même moment. Je vais être honnête : j'ai l'impression d'avoir oublié ce que ça veut dire de vivre en couple, à deux. Je crois que nous devrons réapprendre tout cela, depuis le début. J'attends que tu prennes « la » décision. J'attends que tu nous rejoignes enfin.

Bisous,

V.

Les morts et les fantômes

200 : *Dvuhsotyj* en ukrainien. Je l'ai entendu plein de fois, dans la bouche des soldats. Dans le jargon militaire de cette guerre, ça veut dire « mort ». Les Américains disent plutôt « KIA » : *Killed in action*. Pavlo m'explique que c'est un code militaire soviétique : 100, ce sont les munitions ; 200, les morts ; 300, les blessés ; 400, les prisonniers. Le code aurait été utilisé au milieu des années 1980, durant la guerre en Afghanistan. La légende veut qu'il corresponde au poids maximal prévu pour le transport d'un soldat mort dans son cercueil en zinc.

Pavlo déteste ce mot, « 200 ». Lui ne l'emploie jamais. « C'est tellement typique de l'état d'esprit soviétique. Pas respectueux de l'être humain ; ça montre que pour eux, un homme, un soldat, ce n'est qu'une ressource, du matériel. » Pavlo emploie un autre euphémisme. Il dit toujours (et au début je ne comprenais pas) : « *On the shield* », « Sur le bouclier ». Cela vient d'un proverbe latin que tous les Ukrainiens connaissent. *Aut cum scuto, aut in scuto* : « Soit avec le bouclier, soit sur le bouclier. » Ce proverbe viendrait aussi du grec, de Sparte, où l'on disait qu'il n'y avait que deux façons de revenir du combat : soit avec le bouclier, soit sur le bouclier, bref, mort… Pavlo et Viktoriya préfèrent utiliser le mot *poleglyi*, « ceux qui sont tombés ». Tout plutôt que « 200 ».

Il y a tant d'euphémismes pour parler des morts en vietnamien. Pour ceux qui sont tombés au combat, on ne dit que *liệt sỹ*, « les martyrs ». C'est ce mot qui revient, inlassablement, dans tous les cimetières militaires, même si tous les morts n'ont pas le même poids : les morts de l'armée du Sud-Vietnam sont cachés, honteux. Il y a aussi tous ces verbes, innombrables, qui veulent dire « mourir ». Bien plus nombreux qu'en français. Et ceux pour désigner spécifiquement les soldats qui meurent au combat. Pour eux, on dit *hy sinh*, « se sacrifier ». Un autre verbe, désuet, m'intrigue : *khuất*. Il signifie « mourir », mais aussi « se soumettre, plier ». Cela voudrait-il dire que mourir, c'est se soumettre ?

Comme finalement ce dicton de Sparte, ne pas revenir « avec le bouclier » mais « sous » ? *Khuất*, cela veut dire aussi « caché », « tapi », « assis ». Et cela donne des images d'une poésie étrange : pour désigner les morts, on peut dire par exemple *khuất bòng* : ceux qui sont assis dans l'ombre.

Les pages Facebook ukrainiennes sont remplies de ces avis de décès. Les Ukrainiens ne parlent pas de « martyrs », mais toujours de « héros ». « Les héros ne meurent jamais. » « Gloire à l'Ukraine. »

J'ai lu dans un livre de Dubravka Ugrešić qu'il n'y avait qu'un seul mot en bosniaque, croate et serbe pour dire « mort » : *Smrt*. C'est imprononçable en français, ce que je trouve pas mal car la mort est imprononçable. J'ai vérifié sur Google Translate pour entendre comment ça sonnait, ce mot tout hérissé de consonnes... La voix croate était très différente de la voix bosniaque. Le mot serbe se déclinait en alphabet latin *et* en cyrillique.

Pavlo me dit que ce mot *smrl* se rctrouve dans toutes les langues slaves. En ukrainien et en russe aussi. Et il me fait un enregistrement vocal sur Signal, en répétant ce mot. *Smrt*. Mort.

Dans les cimetières ukrainiens, j'ai vu des mères allumer tendrement une cigarette, et la laisser sur la tombe du fils, à côté d'un paquet de gâteau entamé. Cela m'a fait penser à l'autel des ancêtres qu'il y avait chez moi, comme dans toutes les maisons vietnamiennes, avec des offrandes de nourriture pour les disparus. Et la fumée de l'encens guidait l'esprit des disparus tant aimés vers le monde des vivants.

Il n'y a pas de guerre sans fantômes. Sans *dibbouks*, ces spectres de la religion yiddish. *Dibbouk* veut dire littéralement « collé au corps ». Tous ces morts qu'il décrit, Pavlo, dans ces lettres, je sais qu'ils sont ses *dibbouks*, collés à sa mémoire met à son corps. Ses fantômes.

Pendant la guerre du Vietnam, l'armée américaine avait lancé l'opération Wandering Souls, l'opération Âmes errantes. Il s'agissait d'exploiter la croyance des Vietnamiens dans les fantômes. Alors ils enregistrèrent des *ghost tapes*, bruits et effrayants et voix spectrales d'âmes errantes, revenant hanter leurs camarades. Et ils les diffusaient dans la jungle.

« Il n'y a pas d'athées sur le front », m'ont tant répété les aumôniers militaires dans le Donbass. Il n'y a pas d'athées et les soldats portent tous des talismans, pour se protéger de la mort. Viktoriya me le confesse. Elle aussi a brodé un talisman à son mari. Et Pavlo, le féru de statistiques, si rationnel que j'ai à peine osé lui parler de mes histoires de fantômes, le porte précieusement…

Mon amour,

J'aime tellement cette nouvelle habitude que j'ai de t'écrire… On dit qu'une habitude se crée en vingt et un jours. Cela fait déjà plus de deux fois vingt et un jours que nous nous écrivons, donc je crois que cette habitude va être solidement enracinée en moi, désormais ; et c'est génial. Comment vas-tu ? Je t'imagine avec les enfants, à Paris, dans le Paris désert du mois d'août, quand tous les habitants sont partis de la ville. J'aimerais prendre notre voiture, attacher tous les Matyusha à leur siège et partir dans le sud de la France, faire un grand voyage jusqu'à l'Adriatique, traverser les montagnes de Suisse ou du nord de l'Italie. Ou encore mieux, filer jusqu'à nos montagnes des Carpates, aussi belles sous le soleil que sous la neige. Que j'aime nos montagnes et leur silence qui berce et emmène dans le pays des rêves ! J'aime quand je suis dans tes bras, que je sens ta main dans ma barbe, longtemps, très longtemps. J'aime quand le soleil se cache derrière la montagne et que tout d'un coup, la chaleur d'un jour d'été s'évanouit pour laisser place à la fraîcheur du soir, douce et intime. Boire du vin et chanter des chansons… Tu chantes si bien, *divtchynko*. Et moi je chanterai avec toi quelque chose de mélodieux et rêveur, comme peut-être toutes nos vieilles chansons ukrainiennes.

Kyiv est aussi séduisant en été, quand l'asphalte fond sous la chaleur, et que les gens aussi. Cette ville sait mieux qu'aucune autre vivre à son rythme. On dirait qu'elle inspire un grand coup, puis expire lentement, lors de ces soirées qui n'en finissent pas dans les bars bondés du centre-ville. Pendant ces moments-là, suspendus, les gens arrêtent de parler de la guerre. C'est le moment où l'on tombe amoureux, où l'on imagine le futur, où l'on fait des enfants. J'aime ce Kyiv, avec ces rues enrobées de végétation généreuse, avec ses terrasses de café, avec cette agitation perpétuelle qui vibrionne. Tu le sais, nous avons beau avoir visité maintes villes, maintes capitales, Kyiv reste ma ville préférée au monde. J'adore Paris, comme Papa Hemingway qui est né le même jour que moi, en plein été ; j'aime Paris tendrement et passionnément, car dans cette ville, nous sommes passés par tant d'émotions folles, nous avons baigné dans la poésie, tout ce que j'ai exprimé dans mon bouquin de poèmes. Mais Kyiv. Kyiv est la ville la plus douce du monde. Elle est écrasée de chaleur l'été, et l'hiver, elle est parfois grise et même sale à cause de la neige qui fond à moitié sur les trottoirs. Mais cette vibration, cette fiesta survit à tout, obstinément, malgré les alarmes antiaériennes, les attaques des missiles, malgré les coupures d'électricité de cet hiver, l'absence de lumière et de chauffage. Les habitants de Kyiv se débrouillent toujours ! Ils sont même capables d'applaudir le travail de la défense antiaérienne quand elle abat des drones kamikazes russes. Je suis sûr qu'au moment où tu me lis, tu vois notre rue Reitarska, dans tes pensées, la cathédrale Sainte-Sophie, avec ses dômes dorés, que nous distinguons de la fenêtre de notre chambre. Tu te souviens des festivals de musique à Sainte-Sophie, tous les étés ? La musique lancinante de DakhaBrakha, ou des symphonies électro de DZ'OB ? Qu'il est doux de s'allonger dans l'herbe le soir, au cœur de la ville, de siroter un verre de vin, d'écouter de la musique, de caresser la paume de tes mains, d'embrasser ton cou, tout doucement…

Et la fontaine chantante de Maidan Nezalezhnosti, où les Kyivites se rassemblent, pour regarder et écouter l'eau qui coule… OK, la fontaine est fermée, maintenant, mais ce n'est que pour un temps !

Kyiv, c'est décidément la cité de la musique, *divtchynko*. Les festivals, les bars, les fêtes sur le sable de l'île Trukhaniv, l'excitation joyeuse de la place Arsenalna ; tout ça, ça reviendra. C'est si important de garder le moral. Voilà pourquoi nous, les militaires, nous avons pris l'habitude de plaisanter, de blaguer, même sur les choses les plus sinistres, la mort, les blessures, comme pour conjurer notre peur.

La dernière fois que j'étais à Kyiv, je me suis baladé vers le café vietnamien de la rue Honchar. J'ai croisé un gars en short et en baskets. Sa basket de droite était sur son pied, sa basket de gauche était sur une prothèse, qui commençait au-dessus du genou, recouvert par son short. Il marchait droit devant lui, inspirant le respect le plus profond… Oui, naturellement, on en verra de plus en plus dans la rue des soldats comme lui, des gens toujours debout, qui refusent de renoncer, qui continuent de vivre, la tête haute. Eh oui, nous pouvons blaguer là-dessus. Évidemment, c'est entre nous et bien sûr avec leur consentement. C'est ce qu'on a fait avec Serhii, mon camarade blessé ; il plaisantait très bien sur le trou qu'il avait à l'épaule, qui a finalement commencé à guérir.

À Kyiv, tout cela est désormais mêlé. Cela crée un nouvel esprit de la ville, encore plus fort, plus acide, encore plus ironique, peut-être. Nous n'avons pas besoin de lamentations, nous n'avons pas besoin de nous couvrir la tête de cendres, nous n'avons pas besoin de banquets pendant la peste, comme si c'était la dernière fois. Mais cette ironie, la capacité d'accepter la vie telle qu'elle est, de savourer l'instant présent, et ensuite de se rassembler et se battre contre l'ennemi : voilà le pays que j'aime. Mon pays, le pays des Cosaques, des guerriers qui décidèrent de l'avenir de l'Europe dans les batailles les plus décisives. Ne penses-tu pas qu'il y a une continuité dans tout cela ? Un fil à travers les générations, une force qui se transmet, un élan pour que notre nation affirme son identité la plus profonde ?

J'aime ce peuple qui est en train d'émerger du creuset de la guerre, j'aime cette ville qui se tient debout depuis des milliers d'années. Je sais, tu veux respirer l'air de notre ville, n'est-ce pas, *divtchynko* ?

Kyiv t'attend. Et il t'appelle, avec ma voix.

Je t'embrasse tout doucement,

Ton P.

Mon cher Pavlo,

J'aime tant l'été. Tout s'arrête, tout ralentit. Ce sont les vacances. Il n'y a que la guerre qui ne prend pas de vacances.

Toutes les institutions européennes sont sur pause, donc je n'ai quasiment pas de travail. J'essaie de profiter de Paris, mais bien sûr, nos soirées de Kyiv me manquent terriblement. Prendre un verre à une terrasse de Cinematographers Party sur l'allée Pejzagna, avec la vue sur Kyiv, la nuit. Et notre cocktail favori : le Gimlet !

Et puis toujours, me manquent nos étés dans les Carpates. Notre rituel, qui a commencé en 2014, au début de la guerre contre la Russie, même si le monde n'a pas remarqué que c'était le début de la guerre, même si les organisations internationales n'osaient pas à l'époque employer ce mot « guerre ». On disait « le conflit ».

En 2014, nous avions eu l'impression que ce n'était pas du tout approprié de partir en vacances à l'étranger, et surtout pas aux Maldives, où nous voulions fêter notre anniversaire de mariage. Tu avais arrêté d'écrire depuis quelques années, et je m'inquiétais, j'avais peur que tu perdes ton temps, que tu gâches ton talent. Alors, quand j'ai vu un appel à candidatures pour un atelier littéraire dans les Carpates, je t'ai convaincu de postuler. Tu as été retenu et nous avons passé une semaine là-bas. Nous avons loué un hôtel à côté de l'atelier, et nous y sommes allés avec ton père Anatolii. Nous n'avions que deux enfants à l'époque. J'étais encore une mère bien inexpérimentée, et il m'a bien aidée, avec les enfants, quand toi tu suivais l'atelier. Ton père m'a toujours tellement soutenue ! J'ai eu l'impression qu'il me traitait comme sa propre fille, et je me dis que bien que j'aie perdu ma mère Liubov si tôt, j'ai eu la chance d'avoir deux pères aimants, mon père et le tien. Ton père me manque tant à moi aussi. Je suis si triste de n'avoir pu assister à ses funérailles, à cause du Covid, quand il est mort brutalement d'une attaque cardiaque. Je me demande ce qu'il penserait de tout cela. Il était si sage, si doux. Les enfants se souviennent bien de lui et me parlent souvent du temps qu'ils ont passé avec lui. Ils me disent que s'il était encore vivant, il serait venu avec nous en France, bien entendu, pour m'aider et s'occuper d'eux…

Cet été-là, dans les Carpates, nous nous sommes beaucoup baladés le long de la rivière, nous avons randonné le long des chemins de montagne. Papa Anatolii m'a appris à grimper et descendre les collines les plus abruptes, à reconnaître les champignons, les baies. C'était l'un de mes étés les plus heureux, malgré le début de la guerre.

À l'époque, nous ne savions absolument pas où tout cela allait nous mener. Nous étions déjà contents d'avoir eu gain de cause, avec la révolution de la Dignité, place Maidan. Le président Yanukovitch s'était enfui, et nous étions en train de nous diriger vers notre futur, vers l'Europe. C'est cet été-là que tu as recommencé à écrire. Que tu as eu l'idée de ton roman, *Le Coquelicot*. Je suis tombée enceinte de Laura, notre troisième. Et nous avons sacralisé ce rituel, cette semaine d'atelier littéraire tous les étés, dans les Carpates. Et j'ai moi aussi intégré cette communauté d'écrivains, alors que je n'écris rien d'autre que des lettres pour le boulot… et des lettres d'amour qui te sont destinées.

J'ai toujours aimé passionnément les livres. Maman était professeure d'ukrainien à l'université, nous avions une immense bibliothèque, avec plus de 5 000 livres. Maman m'a toujours fait la lecture, et j'ai appris à lire à 3 ans… Je lisais tout le temps, jour et nuit, et j'ai détruit ma vue, je suis devenue très myope dès l'enfance ! Mais cela ne m'a jamais freinée dans ma frénésie de lecture. Je lisais partout. Des livres merveilleux et aussi des livres exécrables : tous les livres de propagande pour enfants de l'époque soviétique. J'étais petite, mais je voyais déjà à quel point c'était artificiel, ces livres : tu savais tout de suite ce qui allait se passer dès la page 20 ! Mais même si je devinais déjà quelle serait l'intrigue, comme j'avalais tout ce qui me passait par la main, je lisais jusqu'à la fin…

Quand maman est morte, j'ai arrêté de lire et j'ai arrêté de jouer du piano. Même à l'université, je n'arrivais pas à me forcer à lire. Je me contentais de lire des extraits et des critiques littéraires pour préparer les examens… J'avais suffisamment lu, avant, pour faire illusion, deviner ce qu'il fallait écrire, répondre et avoir de bonnes notes. Ma passion pour la littérature s'est réveillée cet été-là, en 2014, dans les Carpates. Avec Litosvita, qui organisait cet atelier littéraire, nous avons décidé de lancer un cours pour les enfants : « De l'idée au livre ». Quel bonheur c'était de publier ces nouvelles, écrites par les enfants !

Je crois que c'est à ce moment-là que j'ai commencé à rêver de lancer cette agence littéraire, même si elle n'est née qu'en 2019. J'ai créé l'agence littéraire Ovo pour soutenir les nouveaux auteurs ukrainiens talentueux en Ukraine, en leur trouvant leur premier éditeur et en les promouvant, mais ma mission est maintenant hors de l'Ukraine. Nous avons trouvé des éditeurs pour quarante-cinq manuscrits au cours de ces presque quatre années d'existence et je prends désormais de nouvelles mesures pour ouvrir ces auteurs au monde entier. Notre credo, c'est « la littérature n'a pas de frontières », et aujourd'hui, je crois que cette devise résonne encore plus.

Cela me semblait déjà si important, comme une mission, de pousser des voix de la littérature ukrainienne contemporaine, de les aider à se faire publier, à se faire traduire, même s'il n'est pas évident de trouver des traducteurs de langue ukrainienne… Aujourd'hui, faire entendre ces voix, c'est tout simplement vital, alors que les Russes veulent nous effacer.

J'ai profité de cet été pour m'occuper de l'agence. Je veux me démener auprès des éditeurs étrangers pour les convaincre que c'est le moment de soutenir les écrivains ukrainiens, de les diffuser, de les faire connaître !

J'espère que les éditeurs étrangers comprennent qu'il est maintenant grand temps d'investir dans les auteurs ukrainiens et de publier leurs livres dans différentes langues. Cela fait également partie de la guerre culturelle : j'aimerais faire comprendre que plus les voix ukrainiennes se feront entendre, plus vite nous gagnerons la guerre dans l'esprit des gens. La Russie a beaucoup investi pour que sa culture soit perçue comme la seule et unique. En commençant par revendiquer depuis longtemps les artistes ukrainiens comme russes, tels Gogol ou Malevitch et bien d'autres, et en œuvrant pour l'ouverture de départements d'études russes dans les universités du monde entier. Il s'agit d'une stratégie à long terme. Même maintenant, nous sommes confrontés à ces résultats : il est presque impossible de trouver des traducteurs natifs de l'ukrainien vers de nombreuses autres langues, c'est pourquoi l'écrivain ukrainien qui écrivait d'abord en russe sous le nom d'Andrey Kurkov a été plus facilement traduit et est ainsi devenu connu du public étranger.

J'ai une idée pour l'agence dont je dois te parler. Pour la prochaine lettre !

Je te souhaite une nuit calme et douce, où que tu sois.

Bisous,

V.

Conversation entre Pavlo et Viktoriya sur Signal

P **Pavlo**
Doux réveil, divtchynko.

V **Viktoriya**
Doux réveil ! Tu triches... Tu m'as déjà envoyé une lettre à 5 heures du matin.

P **Pavlo**
Mais tu dormais, ça ne compte pas.

V **Viktoriya**
Oui, mais j'ai commencé à la lire avant ton texto de ce matin...

Mon amour,

C’est étrange à quel point parfois cela fait mal tant tu me manques. C’est presque physiologique. J’imagine mes mains sur toi, mes lèvres baladent sur les tiennes, je suis en toi, longtemps, profondément. Il y a un bracelet sur ta cheville gauche, et j’ai envie de faire courir mon doigt de ton genou jusqu’à ton mollet, sentir ta peau, élastique et douce, et puis aller jusqu’à ta cuisse. Je voudrais te tenir dans mes bras, te serrer, fort, je te tournerai pour pouvoir embrasser ta nuque, là, par-derrière, je te tiendrai serrée, en saisissant le bas de ton ventre. Je pouvais faire cela, tous les jours, plusieurs fois par jour, et maintenant, je ne peux plus que l’imaginer. Mais la vie, dans notre imagination, c’est toujours la vie. Et la vie, dans l’imaginaire, peut être érotique et sensuelle, très « corporelle », même.

C’est ma phénoménologie personnelle, avec laquelle je m’endors et je me réveille. Le corps a sa propre langue, honnête, et cette langue, tu l’entends aussi tard la nuit quand tu vas au lit, quand tu as terminé la routine du quotidien. Je veux pouvoir te parler avec mes mots, mais aussi avec mon corps. Pour qu’à la fin, tout cela ne fasse plus qu’une seule langue.

Je veux aussi pouvoir être capable de parler aux générations futures, tout comme mes ancêtres me parlent à moi, mes ancêtres dont les noms sont écrits dans le livre de la mémoire et des chagrins. Je ne veux pas que cette langue-là soit oubliée par mes enfants, je ne veux pas qu'elle soit réduite au silence, effacée par un Empire qui fait tout aujourd'hui pour démontrer, à moi et au reste du monde, que je n'existe pas, que mon existence n'est qu'une erreur malencontreuse. Pour eux, notre existence à nous, Ukrainiens, c'est déjà un cauchemar. Nous sommes l'incarnation de ce rêve terrible, comme le furent nos grands-parents, nos arrière-grands-parents, torturés par des bourreaux violents, sans racines, obsédés à l'idée de faire taire leurs voix.

Ma mère ne peut s'empêcher de chuchoter quand elle me parle des choses importantes de sa vie, la peur l'a imprégnée depuis longtemps. Elle ne peut éradiquer de sa conscience les persécutions dont fut victime son père, mon grand-père, emprisonné par les Russes. Elle ne peut oublier les souffrances de sa mère, ma grand-mère. Avec ma mère, nous ne parvenons pas à parler de tout cela à voix haute, sauf à ces moments furtifs où elle s'oublie et soudain, elle parle. Elle fait des analyses brillantes, elle m'explique, et c'est incroyablement profond, mais très vite, elle se reprend et elle baisse la voix, qui devient un murmure. Parfois, peut-être qu'elle entraperçoit comme une amertume dans mon regard, et alors elle s'écrie : « Mais oui, j'ai vécu, j'ai vécu. Moi aussi, j'ai eu une vie ! »

Je reste silencieux à écouter les commandements du passé de ma maman, le passé que rien ne pourra changer. Mais je peux au moins l'écouter, cet écho du passé, nous pouvons l'écouter, parce qu'il nous parle, directement. Nous pouvons le regarder droit dans les yeux, cela pour couper le tissu de l'existence, qui restreint nos actions et nos pensées. Et je voudrais être ce tailleur qui coud de nouveaux habits neufs pour mes enfants, des habits libres.

C'est évident que l'objectif de cette guerre pour les Russes, c'est d'aller vers une « Solution finale » du « problème ukrainien ». Pour eux c'est nous effacer de la surface de la terre, comme Akhenaton tant haï, et pour nous, c'est le retour à la captivité babylonienne. Mes ancêtres me parlent, ils mettent leurs mains sur mon épaule, ils me réconfortent dans les moments d'angoisse. Je peux les entendre, même lorsque ma mère chuchote, parce qu'elle a su garder cette force au travers des années de peur.

Ma mère a vécu et elle vivra encore longtemps en nous, tout comme nous vivrons dans nos enfants. C'est la raison pour laquelle nos ennemis ne remporteront jamais la victoire. Nous parviendrons toujours à faire entendre nos voix. À travers le temps. À travers les objets. Parce que nous sommes.

Aujourd'hui, plus que jamais, je sens que je suis présent, ici et maintenant. C'est comme un pouvoir dans lequel je m'affirme. La guerre, comme actualisation maximale des oppositions, nous définit et nous transmet la force des générations passées. Plus personne ne nous réduira au silence. Et l'intentionnalité de l'existence cédera la place à celle ici-bas, en chassant les doutes.

Et mon désir pour toi est aussi une des manifestations de cette force. Tu ne peux pas imaginer à quel point l'idée de te toucher m'est douce. Je sais que tu me comprends.

Je t'embrasse. Avec force et fougue. Je suis sûr que tu aimeras goûter à cette force quand nous nous reverrons,

P.

Mon cher Pavlo,

Ta lettre m'a fait rougir jusqu'aux oreilles quand je l'ai lue. Si tu savais comme cela me manque, de sentir tes mains sur ma peau.

J'ai lu quelque part que les êtres humains avaient terriblement besoin d'être touchés, pas seulement sexuellement, mais touchés, physiquement, et ce contact physique si simple, être touché, contribue au sentiment de bonheur.

C'est dans nos instincts les plus primaires, nous avons besoin d'être touchés. Et quand nous n'avons pas été touchés, que nous n'avons touché personne pendant longtemps, cela interfère sur notre humeur, notre personnalité.

Nos enfants adorent les câlins, les bisous, tu le sais, on a parfois du mal à les arrêter dans leur élan ! Et tous ces moments où nous nous touchons, où nous nous embrassons, où nous sommes peau à peau, je crois que cela donne à tous ce sentiment de sécurité.

Ce sentiment de sécurité : c'est ce qui, ces derniers temps, nous manque tant. Pour compenser, nous avons besoin de rester groupés, en meute. Et notre meute a grandi ces derniers temps. Katia et Ihor sont arrivés de Berlin pour nous rendre visite à Paris !

Les enfants étaient si contents de revoir Ihor !

Ils se souviennent de ce mois de mars 2023 où nous l'avions adopté pour quelque temps, alors que ses parents et sa grande sœur étaient soignés à l'hôpital. C'était drôle de les entendre, ils parlaient de tous les moments heureux de cette période, leurs jeux, la fois où ils étaient revenus trempés en jouant près de la rivière, quand deux d'entre eux étaient tombés dans la boue. Ihor avait peur que je ne le gronde parce que ses chaussures étaient trempées et son manteau plein de boue, mais nos enfants l'avaient rassuré : ne t'inquiète pas, elle ne te grondera pas, elle ne gronde jamais !

J'avais totalement oublié cet épisode, mais quand ils en ont parlé, je me suis souvenue de tout cela. Je me rappelle que quand ils étaient rentrés, tous les cinq, complètement dégoulinants, je leur avais juste dit : « Bon, vous restez devant le palier, jusqu'à ce que vous soyez complètement secs ! »

Cela me fait plaisir qu'ils aient gardé des souvenirs joyeux de ce début de la guerre, et pas que des souvenirs de terreur.

Cet hôtel Klen, où nous sommes restés à camper dans le grenier, pendant le début de la guerre, c'est un endroit où nous avons été heureux, de façon assez inattendue, tu ne crois pas ? C'est un miracle que j'aie fait ce drôle de rêve, où je voyais un grenier. Le propriétaire t'avait dit que l'hôtel était plein, nous étions revenus à la charge le jour d'après, je lui ai dit que j'avais rêvé qu'il y avait un grenier dans cet hôtel, et là, il m'a confessé que oui, il y avait bien un grenier, vide. Et il a accepté de mettre trois canapés là-dedans. Il ne pouvait pas refuser de nous le louer…

Je me souviens de cette petite communauté de réfugiés à l'hôtel. Des gens qui sont devenus des amis proches. Quelle coïncidence que nous ayons ainsi retrouvé notre amie écrivaine Sophia Andrukhovych ! Quelques semaines après, une chambre s'est libérée, des réfugiés étaient partis ailleurs, et elle est venue occuper les lieux, avec son mari… Sa chambre était juste en dessous de notre grenier. J'avais peur que le tintamarre que faisaient nos quatre enfants et Ihor, qui couraient et galopaient dans la pièce, ne les rende fous mais Sophia et son mari Andrii ont été très patients ! Globalement, les gens ont été particulièrement tolérants pendant toute cette période.

Tu peux être sûr que cet été, les enfants ont toujours la même énergie quand il s'agit de courir partout ! Heureusement, c'est l'été, et ils peuvent aller se défouler dans le parc, à côté. Je les ai emmenés dans un jardin avec trampolines, hier. Ils étaient surexcités. J'avais acheté un pass à accès illimité. Ils sont restés cinq heures ! À sauter en l'air, avec à peine quelques pauses, pour attraper un truc à grignoter ou une gorgée d'eau.

Katia est la plus âgée du groupe, elle a 17 ans. Elle aussi était très motivée par les trampolines, mais au bout d'une heure, elle a déclaré forfait. Elle est venue se reposer à mes côtés et m'a confessé qu'elle n'en pouvait plus. Elle a été touchée au poumon par plusieurs balles, quand ils ont évacué ; elle est totalement remise aujourd'hui, mais la blessure est parfois douloureuse, et sauter sur un trampoline, au bout d'un moment, réveillait tout ça. Quelle fille extraordinaire. Quelle force d'âme. Sur son dos, elle a encore pas mal de marques de ses blessures. Tu connais notre Laura, elle est encore si jeune, innocente et curieuse, elle lui a demandé directement pourquoi elle avait toutes ces cicatrices. L'an dernier, nous ne lui avions pas dit ce qui s'était passé pour Ihor et sa famille, quand ils ont évacué. Katia a raconté, sans entrer dans les détails. Et elle a dit que le plus important, c'est que tout ça soit terminé. Je l'admire tellement, cette toute jeune fille. C'est une adolescente, elle est à cet âge où il est si difficile d'accepter son corps, et quand ce corps qui change a de plus été marqué par la guerre… Elle est très belle, Katia. Je le lui ai dit, plus tard dans la soirée, nous avons parlé de façon très ouverte, très franche. Je lui ai répété que son corps était unique et beau, car il portait les marques de son histoire, et qu'elle ne devait se comparer avec personne.

Ihor parle de ce qui s'est passé très librement. Peut-être parce qu'il a seulement 11 ans. Ou peut-être est-ce son caractère.

Quand nous étions au parc, il nous a dit de but en blanc que Katia lui avait sauvé la vie. Il a raconté comment elle avait fait bouclier de son corps quand les Russes ont commencé à mitrailler leur voiture. Il a dit qu'elle était son héros, qu'il lui devait la vie. C'était hyper-émouvant. Elle a répondu en soupirant, tu sais, avec cette mimique des ados que Leon peut désormais avoir, lui aussi, cet air un peu blasé, qu'elle n'avait pas du tout prévu de le sauver… Je crois que ça la gênait terriblement d'être appelée « un héros ». Et puis elle a précisé qu'en fait, elle avait sauvé deux vies. Son frère, mais aussi le chat qu'elle tenait sur ses genoux et qu'elle a protégé de son corps. Le chat s'est enfui après que Katia se fut évanouie. On ne l'a jamais revu.

Ce qui est fou, c'est que malgré tout ce que Katia a vécu pendant cette guerre, elle est sûre et certaine que son futur est en Ukraine.

Leur famille a dû partir de Crimée en 2014, après l'invasion de la Russie, et ils avaient emménagé d'abord à Bucha, puis tout à côté, à Vorzel. Ces endroits désormais martyrs… Les tirs d'artillerie russes ont touché la maison toute neuve où ils venaient d'emménager et ils ont décidé de fuir. Leur voiture a essuyé vingt-huit tirs…

La mère de Katia et Ihor est toujours très anxieuse à l'idée de revenir en Ukraine.

Katia, elle, attend d'avoir 18 ans pour pouvoir rentrer au pays.

Elle me dit qu'elle sait qu'elle a de la chance de vivre en ce moment en Allemagne, elle fait de bonnes études, mais rien ne la comble plus que cette pensée : bientôt, elle reviendra en Ukraine.

Toute cette jeune génération… ils m'inspirent. Je veux tellement qu'ils puissent vivre dans une Ukraine en paix, prospère. Je te comprends et je t'admire pour ton choix d'aller défendre notre pays. Mais je veux aussi que tu sois entier et en bonne santé quand la paix reviendra.

Bisous,

V.

Bonjour mon amour,

Je voudrais te parler de ma conscience du Bien et du Mal. Comment elle a changé, avec la guerre.

Je suis désolé, je commence directement, sans te demander comment tu vas… Dis-moi si tu vas bien, envoie-moi un texto quand tu auras lu cette lettre, et dans ta lettre demande aussi comment je vais ;-) J'aime ce petit jeu avec nos lettres, il est si doux, comme si tous ces textos, ces messenger, ces messages vocaux entre nous n'existaient pas. À travers notre correspondance, nous voyageons dans le temps parce que finalement le temps est défini par les choses qui existent en lui. Quand nous nous écrivons, nous vivons dans ce temps des lettres. Exactement comme lorsque j'étais élève officier à l'École militaire : à l'époque, mon sens du Bien et du Mal était très différent d'aujourd'hui, avec des similitudes, tout de même. Je pensais alors que ma vie était devant moi, que je réussirais à accomplir tous mes rêves, même si je ne savais pas précisément ce que je souhaitais.

Plus tard, j'ai eu la chance de rencontrer des personnes bénies par Dieu, de ces gens qui n'ont jamais douté, ont su très tôt ce qu'ils voulaient, et qui ont tout pour eux. Moi, je suis aussi béni de Dieu – déjà, parce que je t'ai rencontrée, évidemment –, je marche dans les chemins inconnus de la vie, et j'ai la chance de réaliser presque tous mes rêves, des rêves que je ne pensais même pas possible de formuler ; tout s'est passé de façon inattendue, parfois après de grandes déceptions, parfois après un dur labeur, parfois sans rien faire pour. Je ne souffre plus de l'absence de quelque chose, j'ai toujours l'impression qu'il y a plutôt une présence.

J'ai toujours des rêves, des désirs, mais comme tous les adultes j'en connais le prix, je suis prêt à le payer. J'ai cessé de tenter de marchander avec la vie : dans ce marché du bonheur, la vie est meilleur vendeur que moi acheteur.

Le bonheur… c'est un « bien », avec une date de livraison bien précise. Tu dois être patient. Et profiter de ce que le marchand t'a déjà vendu avant… Et tu dois payer. Comme aujourd'hui, nous devons payer, juste pour avoir le droit d'exister.

Tu te souviens d'Ihor, le propriétaire de l'hôtel avec qui nous avons passé les premières semaines dans les Carpates au début de la guerre ? Il m'a parlé de son grand-père qui, le jour de l'indépendance de notre pays en 1991, était sur son lit de mort. Ihor était venu le voir, il voulait lui donner un peu de joie avec cette merveilleuse nouvelle. Mais son grand-père, qui s'était battu lors de la Seconde Guerre mondiale du côté des insurgés ukrainiens, l'a regardé et lui a dit : « L'indépendance ?! L'indépendance, elle s'obtient avec le sang. » J'aurais aimé qu'il ait tort ! Mais oui, il y a toujours un prix à payer. Avant, cela m'aurait rendu malade de penser à cela. Mais maintenant, comme une voix parmi un chœur de voix venues des siècles passés, je me lève à mon tour. Le vieil homme avait raison, la souveraineté est un pouvoir, et le pouvoir doit se manifester. Quand il n'y a pas de guerre, ce pouvoir s'affirme dans les domaines économique et culturel. Je suis sûr que c'est notre futur à nous en Ukraine, comme cela s'est passé en Europe, après la Première ou la Seconde Guerre mondiale.

Malheureusement, cette guerre ne sera pas la dernière, *divtchynko*. Nous devrons à nouveau acheter notre indépendance au prix fort, notre droit à disposer de nous-mêmes. On peut me dire que cela est injuste, que la guerre ne devrait pas exister au xxie siècle. Je pensais comme ça, il y a dix ans. Et puis c'est arrivé. De façon irrationnelle. Parce que nos ennemis ont cette vision distordue de la réalité. Et la guerre continuera tant qu'ils auront cette vision distordue.

Nous allons combattre cette vision, de toutes les façons possibles : sur les champs de bataille, mais aussi politiquement, économiquement ; nous devons changer et éradiquer cette manière de voir. Sinon, ce sont eux qui nous effaceront et ils iront plus loin, ils s'attaqueront à nos voisins : la Pologne, les États baltes, la Tchéquie ont bien conscience de ce danger. Bien sûr, je suis inquiet pour nous, d'abord, mais je ne veux pas non plus reculer devant le chaos et l'idée de perdre la beauté de notre magnifique entité, l'Europe, m'est insupportable…

Tout comme Robert Schuman et Jean Monnet[1], je prévois une « Communauté du grain et de l'uranium », qui nous permettra de nous réconcilier et de recommencer un dialogue avec le pays qui émergera des décombres de la Russie actuelle. Mais avant tout cela, oui, il y aura la guerre.

Est-ce que cela me déprime ? Tu sais, non. J'ai appris à vivre dans cette lettre, dans cet été, avec mon dos adossé à cet arbre. Je pense à maintenant, je pense à l'après, mais pas à celui des choses qu'on va avoir mais celui de nos enfants et des enfants de nos enfants. Et tant que j'ai ces « maintenant » et « après », je me sens heureux. Personne ne pourra m'enlever ce bonheur, je suis prêt à me battre pour cela.

Je t'aime et je te serre dans mes bras, très fort,

Pavlo

---

1 — Les pionniers de l'Union européenne.

Mon cher Pavlo,

Pour répondre à ta question, je suis OK.

Lire tes lettres et t'écrire… c'est devenu comme une thérapie pour moi. Bien sûr, j'attends aussi tous nos messages, sur les différents canaux, et en particulier ton « Dobrogo ranochku », « Doux réveil ». J'aime tous ces petits mots, ce langage amoureux que tu as inventé pour nous.

Mais les lettres ont apporté quelque chose de différent dans notre relation. Grâce à ces lettres, je sens que je compte à tes yeux autant qu'au début de notre amour. Cela prend du temps de s'asseoir et d'écrire une lettre ! Cela montre que tu attaches une valeur spéciale à ton interlocuteur, que tu nourris pour lui des sentiments très particuliers. C'est exceptionnel, de nos jours, une lettre. Tout le monde est si occupé ! Et quand je pense aux circonstances dans lesquelles tu les écris, tapant les mots sur ton téléphone… Je réalise encore plus à quel point ces missives sont précieuses. J'avoue que moi aussi, je chéris ces moments, quand je tente de me cacher quelque part pour t'écrire une réponse. Souvent j'attends que les enfants soient au lit, mais parfois, j'essaie de te répondre aussi vite que possible, dès que je t'ai lu…

Tu as tellement raison quand tu écris que nous « vivons dans le temps de ces lettres ». Pour moi, tu sais, ce temps des lettres, c'est devenu une dimension parallèle, une réalité séparée qui n'appartient qu'à nous, où règnent nos rêves et nos désirs. J'aime tellement être dans cette dimension parallèle, même si, tu le sais, je me languis du moment où je pourrai enfin goûter à une « vraie » réalité : toi à mes côtés.

Ta prophétie selon laquelle cette guerre ne sera jamais terminée m'effraie. J'espère quant à moi que si, cette guerre sera la dernière.

Même si oui, j'entends tout à fait quand tu expliques qu'il y a bien d'autres fronts que le front militaire. Ma guerre, c'est une guerre sur le front de la culture. Je n'en avais pas forcément conscience au début de l'invasion. Mon « bébé », mon agence littéraire OVO, me semblait inutile. Tout cela ne servait à rien. En fait, à ce moment-là, nous avions l'impression que tout était inutile.

Et puis quand, en avril, j'ai traversé la frontière polonaise, direction la France, j'ai reçu cette lettre qui m'annonçait que j'avais gagné ce prix, le premier prix Anna-Droumeva, pour les agents littéraires récemment entrés dans le business. C'était comme un signe qui me disait que je devais m'entêter, que cette agence, c'était peut-être ma mission : faire connaître la littérature ukrainienne contemporaine au monde. Le prix, c'était un voyage à la Foire du livre de Francfort, la plus grande foire mondiale, avec mon propre stand. Quelque chose dont je n'aurais jamais rêvé ! Et pourtant, voilà qu'il a fallu cette guerre pour que ce rêve se réalise.

Et cette Foire du livre en octobre 2022, ce fut un moment très spécial, rempli de conversations étonnantes, avec des gens qui venaient d'un peu partout. Par exemple, j'ai discuté de façon assez vive, on dira, avec un éditeur allemand. Attention, quelqu'un qui soutenait complètement l'Ukraine, hein ! D'ailleurs, c'est avec cette maison que nous publions ce beau livre photo, *Ukraine : notre patrie, sans la guerre*, avec des images de notre magnifique pays et de ses paysages avant les destructions.

L'éditeur m'a donné son avis sur le marché russe : il ne fallait pas interdire aux lecteurs russes l'accès à la culture occidentale, il fallait continuer à publier là-bas, sinon on créerait un ghetto culturel.

Moi, je suis totalement opposée à cette vision-là. Je la trouve un peu hypocrite. Ou en tout cas, très myope… Je n'ai même pas voulu évoquer l'aspect financier, assez évident. Mais je me suis contentée de dire aux Allemands: «Les Russes avaient déjà accès à cette culture occidentale avant 2014, avant l'annexion de la Crimée: est-ce que ça a changé quelque chose? Est-ce que ça a changé le fait que la majorité du peuple russe soutient cette invasion?»

Moi, je crois que ça ne sert à rien d'avoir pitié des Russes. Et même, avoir pitié d'eux, ça nous conduira en enfer! Pourquoi? À cause de leur foutue impunité! On ne se sortira de tout ça que si ce pays change profondément, complètement. Et j'espère que les élites, aiguillonnées par le fait d'être mises au ban du monde, vont enfin tenter de l'initier, ce changement.

Sinon, la Russie aura toujours ce sentiment que les Européens sont faibles. Prêts à passer l'éponge en toute occasion. Comme pour la Crimée.

À l'époque soviétique, la littérature et la musique occidentale étaient interdites. Les gens étaient submergés de propagande. Et pourtant, ils réussissaient à lire les livres interdits, à écouter les chansons interdites. Tu connais la suite…

Le marché de l'édition, c'est un peu un échiquier géopolitique, en miniature. En 2014, les responsables politiques s'étaient inquiétés de la situation en Ukraine, mais ils ne faisaient rien. C'était pareil pour les éditeurs étrangers. Ils étaient très intéressés par nous... mais on ne voyait venir aucun contrat de traduction ! On verra si aujourd'hui ça change... L'an dernier, j'ai obtenu une quarantaine de rendez-vous à la Foire, beaucoup me disaient que oui, ce serait intéressant de publier de la littérature ukrainienne, ils attendaient mes propositions. J'ai envoyé tout ça, et j'attends encore. Je suis impatiente, car je trouve que tout va trop lentement. Je vois bien qu'ils ont peur d'investir dans la littérature ukrainienne. C'est plus facile avec les livres pour enfants. Mais la fiction... Cela coûte cher, en frais de traduction. Un signe d'espoir quand même : dans les pays proches de la zone de guerre ou ayant survécu à la guerre, la littérature ukrainienne intéresse.

Anne Bergman, la patronne de la Fédération des éditeurs européens, a lancé un programme pour éditer des livres d'enfants bilingues, dans plusieurs pays frontaliers. Je trouve ça génial. Des petits Ukrainiens exilés pourront partager leurs livres avec leurs nouveaux camarades dans leur pays d'accueil. J'aimerais tellement que *Viechka*, ton livre pour enfants, qui raconte l'histoire d'une petite fille lilliputienne avec de très longs cils, puisse être traduit en français. Mais le français ne fait pas partie du programme concerné. Les filles vont devoir continuer à le lire avec leurs amies, en traduisant elles-mêmes. Elles sont si fières de toi, si tu savais.

Tu te souviens, en janvier 2022, quand tu avais été invité dans la classe de Laura pour présenter le livre. La nuit d'avant, elle n'avait pas pu dormir tant elle était excitée !

Mais il faut que je te parle de mon idée pour la prochaine Foire du livre. Comme tu sais, depuis 2020, nous avons comme tradition de publier une espèce de calendrier, avec les visages de nos auteurs les plus installés, ainsi que les plus jeunes, les primo-romanciers, ou ceux qui en sont à leur deuxième roman. En 2022, nous ne l'avons pas fait. À cause de la guerre. Cette année, j'ai envie de renouveler la tradition.

J'ai donc eu envie de faire un calendrier, « Les écrivains qui défendent l'Ukraine », avec tous les écrivains qui sont sur le front. Je dois avouer que moi-même, j'ai été surprise quand nous avons commencé à faire la liste. Il y a quasiment une centaine de noms… Des poètes, des romanciers, des auteurs jeunesse… Impossible de faire un calendrier traditionnel, donc nous allons faire un calendrier de cinquante-trois pages, une par semaine, une édition limitée, tirée à cent exemplaires.

Quand nous avons commencé à chercher tous les contacts, nous avons réalisé que sur cette liste, certains étaient portés disparus, d'autres morts. Je veux que le calendrier leur rende hommage, bien sûr. Je réfléchis à la forme que ça peut prendre.

Donc, les prochaines semaines, je serai un poil occupée avec ce projet ! Ne t'inquiète pas, je ne tirerai pas sur la corde.

Bisous,

V.

Mon tendre amour,

Les dernières semaines d'été ont été pleines de pressentiment, je ne sais pas lequel. Je suis un peu stressé, mais je suis sûr que tout ira bien. Notre brigade a enfin réussi à enfoncer la défense russe et ses innombrables fortifications, installées sur le chemin qui nous conduit vers les territoires occupés dans le Sud ukrainien. Nos gars ont repris Robotyne.

Et ça y est. Sur une vidéo, j'ai pu voir les habitants libérés appeler leurs familles – depuis les Bradley, nos blindés de combat utilisés par l'infanterie –, et pleurer de joie après une séparation d'un an et demi à vivre sous l'occupation… Pendant cet été, alors que la contre-offensive avançait doucement, ils nous ont attendus, patiemment. Il n'y avait ni électricité ni eau…

C'est un peu triste de réaliser que ce tout petit village, ce minuscule objectif pile sur la route du Sud, vers laquelle se dirigeaient tous les combats depuis trois mois, est littéralement sacrifié sur l'autel de notre libération… L'intensité des tirs d'artillerie, si caractéristique de cette guerre, est telle qu'à chaque avancée sur le front, les conséquences sont très lourdes. Pour tout le monde… Alors, je ne peux pas me réjouir totalement : je connais le prix à payer de la libération de Robotyne, ce minuscule village qui avant la guerre n'avait pas plus de cinq cents habitants…

Notre brigade va avoir besoin de se remettre. L'offensive a été menée au prix de terribles sacrifices. Je n'oublierai jamais mes collègues qui sont morts pour opérer une brèche dans les fortifications, ces quelques kilomètres si farouchement défendus par nos ennemis, se démenant pour repousser les assaillants, en dépit de cette fameuse « ligne Surovikin[1] », tant vantée. Tu comprends mon sentiment, je pense, de joie et de tristesse mêlées, ce sentiment que connaissent tous les soldats et officiers, actuellement.

Notre histoire est pleine de ces moments impitoyables. Nous faisons partie de cette histoire toi et moi, comme nos ancêtres en firent partie.

Mon arrière-arrière-grand-père, Tymofiy, a immigré dans le nord du Canada au tout début du XXe siècle, pour gagner de l'argent ; ça lui a permis d'acheter un peu de terre, dans son village natal de Ridkiv, en plein territoire cosaque, près de la ville de Berestechko. Le site de la plus grande bataille du XVIIe siècle, quand les Ukrainiens et les Tatars de Crimée se retrouvèrent face aux troupes polonaises. Deux cent cinquante mille hommes se sont affrontés. Mais l'armée des Cosaques perdit face à l'armée

1 — D'après le nom d'un général russe qui a officié en Afghanistan, en Tchétchénie et en Syrie, surnommé « général Armageddon ».

de la Pologne. Pourtant, peu après, lors d'une autre bataille, plus petite, mais bien plus sanguinaire, près de ville de Batih, les Polonais furent réduits en miettes.

À la fin de tout cela, le commandant en chef de l'armée ukrainienne, Bohdan Khmelnytsky, a tenté de construire une autre alliance avec la Russie pour garantir une certaine stabilité à notre pays. Mais la stabilité, c'est un concept qui a été singulièrement absent de notre terre, et ce depuis des siècles. Et c'est ainsi que notre grand poète Taras Shevchenko s'écria presque deux cents ans plus tard, exaspéré : « Mais si seulement toi, Bohdan, tu avais été saoul… » Il évoquait bien sûr tous les malheurs qui seraient provoqués par cette fatale décision, dont nous payons encore les conséquences, nous les descendants de Bohdan Khmelnytsky et de Taras Shevchenko.

Mon grand-père m'a raconté que quand il était petit, il cherchait avec ses copains des couteaux de Cosaques et des pièces, dans les marécages proches de Berestechko : ils avaient même trouvé un sabre !

L'éternelle histoire des guerres, des victoires et des défaites… Des générations entières ont grandi avec cette histoire, cette lutte pour notre existence même.

La Russie n'a eu de cesse que de nous attaquer. Elle a interdit notre langue, notre culture, elle a déporté nos élites intellectuelles, nos artistes, et tous les cent ans, il y a une guerre sanglante. En 1918, l'armée de Muravyov prenait le contrôle de Kyiv, lors d'une autre guerre Russie/Ukraine. Ils exécutèrent des milliers de personnes, utilisèrent des gaz chimiques, bombardèrent sans relâche notre capitale. Chaque fois qu'ils trouvaient un portrait de notre poète Taras Shevchenko, ils le piétinaient et le détruisaient.

Mon arrière-grand-père Tymofiy, grâce à l'argent qu'il avait gagné au Canada, devint l'un des plus riches du village, quand il revint au pays. Mais les troupes soviétiques débarquèrent dans son village, après la victoire de la Seconde Guerre mondiale, la première chose qu'ils firent fut d'abattre tous ceux qui étaient impliqués dans les mouvements de résistance contre eux. Ils ont aussi déporté en Sibérie tous les habitants les plus riches, ceux qui auraient pu s'opposer au « régime des Soviets ». Ce n'était pas leur genre de faire des compromis. Les citoyens qu'ils considéraient « non fiables », ils leur réglaient leur sort, ici et maintenant. C'est ce qu'ils auraient fait avec nous, s'ils avaient réussi à nous envahir d'un coup, comme ils l'avaient prévu, c'est ce qu'ils font dans les territoires occupés.

La famille de Tymofiy a eu une demi-heure pour rassembler ses affaires, on les a parqués dans un train, aux portes bien scellées, et on les a expédiés vers l'est, un voyage terrible qui a duré des jours et des nuits. Tymofiy est décédé pendant ce trajet de la mort, à cause du froid, des mauvais traitements des gardes, du manque d'eau et de nourriture. Il a été enterré quelque part sur une route dans l'Oural, juste recouvert de terre, comme ils veulent recouvrir la mémoire de chaque Ukrainien. Sur les terres de Tymofiy, les Soviétiques installèrent une ferme collective, dirigée par les ivrognes du village. Et mon grand-père Mykhailo, le petit-fils de Tymofiy, lui, a passé sa jeunesse en Sibérie, dans les camps, puis dans d'autres camps, encore au Kazakhstan et dans l'Oural. Il était toujours soumis à l'interdiction de revenir dans son district natal, même après la mort de Staline en 1953, quand les déportés de Sibérie ont été réhabilités. Il fut contraint à travailler dans l'exploitation forestière, c'était finalement ce qu'avait fait Tymofiy au Canada, sauf que pour Mykhailo, ce n'était pas pour gagner de l'argent ou gagner sa liberté : c'était une punition des Soviets. Parce qu'ils étaient une famille suspecte. De mauvais citoyens soviétiques.

Ils vivaient dans des caravanes, ils travaillaient dans des conditions inimaginables, l'été sous un soleil de plomb, à plus de 40 °C, l'hiver, avec 40 °C en dessous de zéro, avec un salaire qui suffisait à peine pour survivre. C'est à ce moment-là qu'il rencontra ma grand-mère Yevhenia, une fille de riches paysans, qui eux aussi avaient été punis et déportés dans l'Oural. Et puis ma mère est née dans cette région de Perm.

Du côté de papa, c'est aussi la même histoire. Mon autre grand-père, Yosyp, le second parmi trois enfants, a perdu son frère, infirmier dans les troupes rebelles, qui se battaient contre les Soviétiques. Ils ont été visés par des tirs de grenades et les quelques survivants abattus par des escadrons punitifs.

Mon grand-père y a échappé, car à l'époque, il avait été enrôlé et envoyé en Extrême-Orient pour se battre contre les Japonais, après la chute du régime nazi. Il était artilleur. Il m'a raconté comment il avait survécu à la traversée du désert de Gobi. Les gens mouraient de soif et d'épuisement, suppliant leur camarade de les achever d'une balle.

Et nous, nous sommes les descendants de ce peuple, qui repose dans des cimetières ou le long de routes, près de gares sans nom, un peuple qui a été attaqué par le feu, par les bombes, par les armes, pendant des siècles de bataille. Mais notre sang continue à circuler, notre cœur à battre : personne n'a réussi à nous détruire.

Je me souviens qu'avant le début de la guerre en 2014, les Français me demandaient souvent quelles étaient les différences entre nous et les Russes, comme si nous ne faisions qu'un peuple. Depuis lors, il n'y a plus besoin d'expliquer. Même pour les Russes, c'est désormais clair, eux qui pourtant ont passé des siècles aussi à tenter de se convaincre, et convaincre le monde, que nous étions comme eux, qu'il n'y avait aucune différence entre nos peuples. Maintenant, il ne leur reste plus qu'une option : nous détruire.

Mais nous avons repris le village de Robotyne et nous avancerons jusqu'à Tokmak. Et puis à Melitopol, Berdiansk, Marioupol. La Crimée nous attend. Nous arrivons. Les nouvelles générations remplacent les anciennes. Les nouvelles brigades, avec de nouveaux soldats, remplacent leurs camarades. Je l'admets, ce n'est même pas de l'héroïsme. C'est juste le modus vivendi de notre peuple, les descendants des princes de Kyiv.

Que nous arrivera-t-il ensuite ? Le combat, encore et toujours, comme un état permanent. Ce n'est pas facile d'accepter cela, mais nous allons progresser, techniquement, et dans nos têtes aussi : nous serons prêts, de façon existentielle, à continuer ce combat. Notre terre sera la nôtre. Parce que nous ne l'avons pas achetée avec de l'argent. C'est tellement plus grand que ça. Cette terre, elle nous aide à survivre, à vaincre malgré, hélas, les milliers de coquelicots dans nos champs, qui commémorent nos héros défunts. Je m'incline devant eux.

Comme toujours, je t'aime, mon amour et ma joie.

J'ai hâte de te voir. Bientôt.

Pavlo

Tuer l'indigène

J'ai déjeuné avec Viktoriya et les enfants. Luka, le petit dernier, répétait sans cesse : « Papa, il va revenir dans trois minutes. » « Il dit toujours ça, m'a expliqué Viktoriya. Il n'a pas la notion du temps. Trois minutes, c'est trois heures, c'est trois jours… » Et avec un pincement au cœur, je me suis souvenue de cette lettre où Pavlo explique qu'il n'a pas reconnu Leon, son aîné, sur un selfie que ce dernier lui avait envoyé…

Ma professeure de vietnamien me fait lire une nouvelle bouleversante écrite par l'écrivain Nguyễn Quang Sáng : « Le peigne d'ivoire ». Cela raconte l'histoire d'un soldat qui n'a pas vu grandir sa fille, à cause de la guerre. Quand il rentre à la maison, en permission, la petite ne le reconnaît pas et il a beau lui demander de l'appeler « papa », impossible, elle s'y refuse. Et puis vient la séparation. Le père ne sait comment prendre congé. Et soudain, la petite s'écrie : « Papa, ne pars pas ! » « Et dans son cri, il y avait tous les "Papa !" qu'elle avait gardés en elle, pendant toutes ces années », écrit l'auteur.

J'aurais voulu faire lire cette nouvelle à Pavlo – une idée stupide puisque dans la nouvelle le père soldat meurt, fauché par une bombe américaine –, mais je n'ai pas réussi à trouver de traduction en français ou en anglais de ce texte, qui est devenu un classique au Vietnam. C'est souvent ce qui se passe pour les langues des colonisés. Minoritaires, elles sont moins traduites et diffusées que la langue de ceux qui colonisent.

La langue ukrainienne a été interdite, éradiquée pendant des siècles. Aujourd'hui, ils sont nombreux ceux qui disent : « Je ne peux plus entendre la langue russe, elle me fait mal. » C'est difficile à comprendre pour nous autres Français, et encore plus parce qu'une partie de la population ukrainienne est russophone. C'est peut-être aussi difficile à comprendre parce que la France n'a pas été colonisée et qu'elle fut, en revanche, le colonisateur, qui imposait et diffusait sa langue.

Nous avons tant parlé avec Viktoriya et Pavlo de la langue ukrainienne… Je repense à la tristesse mêlée de colère de Viktoriya évoquant des gamins qui préféraient parler russe à l'école, parce qu'ils avaient l'impression que c'était « mieux ». Viktoriya pense que c'est de la faute des parents. Je ne sais pas.

Je suis comme ces Ukrainiens qui se sont russifiés. La langue indigène, le vietnamien, est ma langue maternelle. J'ai dit mes premiers mots en vietnamien. Quand je suis allée à l'école, je ne parlais pas le français. Très vite, pourtant, j'ai gommé la langue indigène pour devenir une parfaite petite Française. J'ai tué l'indigène en moi pour m'assimiler. Devenir blanche.

J'ai longtemps voulu réapprendre ma langue maternelle, mais j'étais bloquée. La honte, je suppose.

Cela m'a fait penser à ce que m'ont raconté Pavlo et Viktoriya sur le statut de la langue ukrainienne. Ce mépris qu'il y avait autour de l'ukrainien. Pendant longtemps, le russe était un passeport pour « s'intégrer » : de meilleures études, une meilleure position dans la société.

La langue est un instrument de pouvoir. Que ce soit dans les rapports humains ou dans les relations entre les pays. Quand un peuple veut en coloniser un autre, ça se passe toujours au niveau de la langue.

Au Vietnam, les colons français introduisirent le *quốc ngữ*, une adaptation en alphabet latin du vietnamien. Résultat : aujourd'hui, les Vietnamiens sont incapables de lire les stèles dans les temples, car c'est en *nôm*, l'alphabet traditionnel vietnamien à base d'idéogrammes. La colonisation a réussi à couper la racine du langage vietnamien. Les mots flottent dans le vide, sans racines, sans sources, puisque leur étymologie s'est perdue. Ma mère a été élevée dans une école française, elle avait un prénom français, Jeanne, apprenait que ses ancêtres étaient gaulois, et n'avait que deux heures de vietnamien par semaine, enseigné comme une langue étrangère. À l'école, ma grand-mère avait elle aussi un prénom français, Daphné, et elle se rappelait avoir chanté « Maréchal, nous voilà ».

Mon cher Pavlo,

Je t'écris avec la mélodie de la pluie qui tombe. Le temps est imprévisible en ce moment, parfois chaud, parfois pluvieux. Impossible de savoir à l'avance ce qu'il en sera demain, ou même dans quelques heures. Un peu comme ma vie. Je suis incapable de dire ce qui m'attend, ce qui nous attend. J'ai évolué, j'ai quitté le stade du désespoir, noir et amer, après ta décision de choisir l'armée plutôt que ta famille, pour en arriver au stade de l'acception. Ma raison, mon cerveau, m'ont toujours dit que tu avais eu raison d'aller te battre ; ma raison te soutenait, t'encourageait, elle savait que tu étais dans le vrai. Mais mon cœur, mes émotions, mes tripes, eux, me disaient le contraire. Émotionnellement parlant, je n'ai jamais réussi à accepter ta décision. Oui, j'ai déposé cette demande de divorce. C'était une tentative un peu désespérée de te mettre la pression, pour te forcer à quitter l'armée.

Mais je crois que je progressais tout doucement dans le cycle du deuil, que je devais faire face à notre séparation physique. La colère, le désespoir, la résignation… maintenant je crois que je me dirige vers le dernier stade. L'espoir. J'ai compris que je ne pouvais pas prendre cette décision à ta place. Je pouvais juste tenter d'être heureuse, autant que faire se peut, dans notre situation actuelle.

Je crois que ce qui me minait le plus, c'étaient ces horribles pressentiments. Tu sais, j'ai toujours eu ces visions, dans ma tête, et parfois ces peurs ont pris vie. Quand Leon est né, je lui chantais des chansons ukrainiennes. Maintenant, je me souviens que maman Liubov faisait pareil avec moi, le soir, c'était de merveilleux moments de partage avec elle. Mais je les avais effacés de ma mémoire, pour ne pas souffrir. Je ne sais pas pourquoi, mais je chantais surtout à Leon les chansons des partisans ukrainiens. Je les ai apprises par cœur à l'époque où on m'envoyait très régulièrement chez ma marraine, l'été. Ces chansons étaient si amères, mais si vraies... Je crois que tout le chagrin de notre peuple est encodé dans ces mélodies. Les chansons résistent bien plus au temps que nos mémoires ou que les disques durs des ordinateurs. Et ce savoir ancestral, nous le partageons à travers les décennies, via ces chansons : c'est cela qui fait de nous une nation, cela qui nous unit, cela qui a bâti notre histoire.

Je me souviens alors que, berçant Leon, j'avais eu pendant un instant un pressentiment horrible, si terrible que des larmes avaient coulé sur mon visage : j'ai vu Leon partir à la guerre. Mon grand-père était canonnier ; il a combattu pendant la Seconde Guerre mondiale et il y est mort. Il aurait pu survivre de sa blessure, mais ses troupes se sont repliées et sa tranchée a été recouverte de boue par un tank nazi. Il a été trouvé seulement deux semaines après, quand le territoire a été libéré. Ce sentiment d'une malédiction familiale m'a tellement oppressée que je pleurais sans discontinuer devant le berceau de notre fils. Je ne voulais pas que mon fils ait ce même destin. Je ne sais pas pourquoi j'ai eu cette vision, ce pressentiment. C'était quatre ans avant la révolution de la Dignité et l'annexion de la Crimée. J'avais aussi très peur que mon père meure brusquement.

Je suppose que je devais faire une dépression postnatale. Mes peurs s'étaient alors révélées infondées. Rien n'est arrivé à mon père. Et j'ai oublié cette autre peur, cette vision de Leon partant à l'armée.

Et pourtant… C'est arrivé, mais pas avec Leon : c'est toi qui es parti te battre.

Et moi, derrière, je sens que mon devoir, c'est de transmettre toute cette histoire. La raconter, inlassablement, à nos enfants. Ils savent très bien ce qui se passe, même si je ne parle pas trop des atrocités de la guerre. Ils savent pourquoi ils ont été forcés de se réfugier en France. Ils savent d'où vient la menace. Ils savent que nous devrons toujours être prêts, face à nos ennemis. Mais j'espère tellement que la guerre se terminera avec notre victoire. Et que nos champs ne seront plus couverts seulement par les coquelicots, les fleurs de la guerre, les fleurs du souvenir, mais aussi par des tournesols, les fleurs de l'espoir et de la vie.

Et j'espère que ces tournesols, je les verrai de mes propres yeux.

Bisous,

V.

Mon amour,

Les lumières étaient tamisées. L'odeur de la guerre planait déjà dans l'air. Te souviens-tu de cette soirée, juste avant la guerre ? Elle restera pour toujours dans ma mémoire. J'avais l'impression que nous étions comme les héros du film *Casablanca*. Ou du roman d'Erich Maria Remarque *Arc de Triomphe*. Les premiers missiles allaient tomber sur nos villes, les chars russes allaient violer nos frontières, à l'est, au sud, au nord. Tous les Rubicon seraient franchis, écrasés, effacés. Comme notre vie passée.

Nous étions dans notre endroit préféré, un bar à vin sur la rue Yaroslaviv Val, le « spot », nous buvions du cidre, un merveilleux cidre. Nous avons dégusté une salade au foie de veau tiède, des pâtes et des bruschettas aux poires et au jambon cru. Tout était si cosy. Les fauteuils profonds, les tables en bois, les bougies, les peintures d'artistes de Kyiv aux murs, la cave à vin remplie de vins venus du monde entier : un bar à vin parfait. Nous parlions lentement, presque cérémonieusement, comme si une inexplicable force nous entraînait dans ce jeu un peu théâtral, dans les gestes, les mots. Il faisait froid dehors, il neigeait. De rares piétons se pressaient pour rentrer chez eux, leur douillet chez-eux, bien chauffé. À côté de nous, deux messieurs anglophones d'un certain âge, en veste, sans cravate, discutaient de quelque chose. Ils ressemblaient, eux aussi, à des héros de film. Dans leur conversation, on entendait sans cesse ce mot, « war ». Comme dans la nôtre. Combien de fois avons-nous dit ce mot, en nous tenant les mains. Je crois que nous savions déjà que cette guerre allait nous séparer. Mais nous n'en parlions pas ce soir-là, nous parlions de tout, sauf de cela. Nous nous débattions, un peu comme les captifs du brigand Procuste[1]. La guerre était en train d'arriver. Le parfum de la guerre. L'anxiété dans le bruit des verres qui s'entrechoquent… Je crois que je t'ai répété à plusieurs reprises que tout irait bien. Et tu as souri, tu m'as enlacé, eh oui, tu doutais. Moi aussi, en vérité, j'avais des doutes…

Dans le café, nous avons effleuré nos visages d'une caresse furtive du bout des doigts. Et quand nous avons marché pour rentrer à la maison, dans notre rue Reitarska, vide, nous nous tenions les mains, agrippés l'un à l'autre.

Cette nuit-là, je devais partir avec nos trois grands pour quelques jours, direction les Carpates, pour nous échapper un peu de cette atmosphère de pré-guerre. Je monterais dans un train qui allait nous

---

1 — Dans la mythologie grecque, Procuste accueille les voyageurs de passage mais leur coupe bras et jambes ou les étire pour les adapter à la taille de ses lits.

conduire vers l'inconnu, et toi tu resterais à Kyiv avec notre petit Luka. Dans la rue, nous avons vu un groupe de soldats des forces spéciales françaises en uniforme et en arme sortir d'un minibus près de l'ambassade de France. Tu m'as demandé de descendre au parking pour te montrer comment démarrer et conduire la voiture. Je t'ai rassurée, je t'ai dit que tout irait bien, que tu n'en aurais pas besoin, mais tu insistais, et je crois que j'ai dû donner la leçon de conduite la plus express de l'histoire, vingt minutes à tout casser. Une leçon express qui allait pourtant te sauver, plus tard. Nous ne pouvions rester plus longtemps dans le parking car je devais aller avec les enfants à la gare, pour attraper le train. Les enfants nous attendaient avec impatience, ils avaient hâte de partir à la montagne, de jouer dans la neige, de faire du ski. Ils étaient de très bonne humeur. Nous nous sommes embrassés. Longtemps. Tes yeux étaient pleins de larmes quand nous sommes entrés dans l'ascenseur.

Notre chauffeur de taxi était de la région de Poltava et sur le chemin, il n'arrêtait pas de dire que si la guerre éclatait, il sauterait dans sa voiture, conduirait jusqu'à sa ville natale, parce que c'était là que ses gars étaient, les gars avec qui il comptait aller se battre. Et tant pis si sa voiture n'était pas la sienne, si c'était celle de la compagnie de taxi ! C'était sept heures avant le début de l'invasion, sept heures avant son départ pour Poltava… s'il a pu partir.

À 5 heures du matin, une conductrice du train m'a réveillé, en larmes. Les enfants dormaient paisiblement dans notre compartiment. Je lui ai dit de baisser la voix, mais elle ne pouvait s'arrêter de sangloter, elle m'a dit que les missiles avaient touché toutes les villes d'Ukraine. La guerre avait commencé. Je n'arrivais pas à y croire. Je ne comprenais pas ce que cela voulait dire, des attaques dans TOUTES les villes d'Ukraine. La veille, j'imaginais, comme tous nos amis, toutes nos connaissances, que la guerre s'intensifierait à l'est, cela infligerait plus de morts, plus d'attaques terroristes. Mais pas ça. Comme un cauchemar qui devenait réalité.

J'ai attendu un moment. Je t'ai appelée. Tu dormais et tu n'as pas tout de suite répondu. « Excuse-moi de te réveiller, mais la guerre a commencé. » Et cette phrase restera pour toujours inscrite dans nos mémoires. Puis c'est l'après qui a commencé. Cet après qui a tout changé pour nous, pour notre pays, pour tous les Ukrainiens. Je me souviendrai pour toujours de ces moments-là. C'est notre tragédie commune. Impossible de l'oublier. Je me rappelle que durant ce moment, j'ai senti à quel point je t'aimais. Mais maintenant, *divtchynko*, je t'aime encore plus.

Nous allons nous revoir bientôt,

Ton capitaine M.

Mon cher Pavlo,

Bien sûr que je me souviens de cette soirée. Dans tous les détails, les plus précis. Notre dernier dîner à notre « spot ». J'ai toujours adoré son vrai nom, « Healthy and Wine ». Un endroit parfait pour se souvenir. Et pour y revenir.

Je t'avais dit que j'avais l'impression d'être dans le film *Le Seigneur des anneaux*. Le moment où tous attendent que l'armée de Sauron déclenche son offensive. Cela n'avait pas commencé, mais on pressentait que quelque chose d'énorme et de terrible allait nous tomber dessus. Et c'était « submergeant », même si on ne savait pas précisément ce qui allait se passer.

Maintenant, nous savons. Et c'est cffectivement exactement comme dans *Le Seigneur des anneaux*. Peut-être que vous les écrivains, vous avez le pouvoir de prédire ce qui va se passer. Ou peut-être que le Mal ne change jamais, au fond, il prend juste un autre visage.

J'ai envie de croire que, comme dans *Le Seigneur des anneaux*, d'autres pays vont nous rejoindre pour défaire Sauron. Je suis si admirative de tous ces volontaires, venus de tous les pays, pour rejoindre la Légion internationale. J'ai été amenée à connaître Steve Munroe, un ami d'ami. Un Américain qui a constitué un petit groupe d'amis ayant une expérience militaire et qui est venu en Ukraine pour se battre avec nous, côte à côte, en mars 2022. Ses amis et sa famille étaient horriblement inquiets pour sa vie, ils lui demandaient de rentrer, et Steve a écrit à son ami Tristan : « Mais comment pourrais-je partir, alors que mes camarades ukrainiens ne le peuvent pas ? » Et il est resté jusqu'à la fin… Il est mort pendant la contre-offensive qui a libéré Kupiansk, huit mois après le début de l'invasion. Nous avons cherché son corps dans les hôpitaux de Kharkiv. C'était difficile d'avoir des informations. J'espérais qu'il serait blessé, que nous pourrions le soigner. Kyrylo, un de mes auteurs de l'agence, a réussi à le localiser dans un hôpital. Mais les médecins lui ont dit que Steve n'en avait plus que pour quelques jours à vivre. C'est moi qui ai dû le dire à sa mère et à sa famille. C'est vraiment une tâche terrible que de devoir dire à une mère que son fils a très peu de chance de survivre. J'espère que je n'aurai plus jamais à annoncer une chose pareille. C'est étrange comme la mort peut vous rapprocher de personnes totalement inconnues, des gens que vous n'avez jamais vus dans la vraie vie. J'ai fait la promesse que j'irais me recueillir à l'endroit de sa dernière bataille, après notre victoire, pour commémorer son sacrifice.

Un proverbe ukrainien dit que la guerre prend les personnes les meilleures. Je suis horrifiée par le nombre de personnes que nous avons perdues. Ukrainiennes et venues d'autres pays, comme Steve.

Je me demande sans cesse s'il y a un moyen de les protéger toutes, de les sauver. La prière, ça doit marcher? Mais je suppose qu'il faut vraiment y croire. Je ne sais pas à quel point les prières peuvent changer le destin de quelqu'un, mais au moins, elles m'aident à répondre à certaines questions.

Quand nous étions dans les Carpates, je ne savais pas quel serait notre destin à tous les deux. Mais je voulais te protéger. Je voulais que tu gardes avec toi un témoignage de mon amour. Pour te protéger. Un talisman. Alors j'ai acheté des fils rouges en laine et j'ai tricoté des bracelets pour toi et les enfants. Le tien était le plus épais, avec sept fils dans une rangée. Sept parce qu'en ukrainien, le mot « famille » est constitué du mot « sept » et du mot « moi ». J'ai prié pour qu'il ne t'arrive rien. Pour que nous nous retrouvions tous ensemble.

Je sais que tu fais très attention à ce talisman, à cet *oberih*, comme on dit en ukrainien. J'ai bien remarqué que tu le portais, quand nous nous sommes vus lors de ce week-end éclair en juin. Il s'est un peu effiloché avec l'usure, est devenu plus fin aux endroits de contact. Tu m'as même dit l'avoir réparé deux fois. Je crois que ce bracelet t'adresse un message. Les risques que tu prends sont désormais de plus en plus élevés. Son pouvoir de protection est en train de se terminer. Contrairement aux autres soldats, tu peux quitter l'armée, étant père de quatre enfants. Alors, s'il te plaît, réfléchis-y.

Je ne sais pas à quoi notre vie ressemblera. Ce sera difficile de s'adapter. Ce ne sera jamais « comme avant ». Mais il est de notre pouvoir de faire de notre vie ce que nous voulons. Je t'attends.

Je t'aime.

Bisous,

V.

Le futur

Ce week-end, Viktoriya a ouvert la boîte à souvenirs, avec les photos de famille et les vieux documents qu'elle a apportés de Kyiv. Là-dedans, il y avait toute une liasse. Les lettres que lui avait envoyées Pavlo, en 2001, quand il était cadet à l'école militaire. Il était alors dans ce camp d'entraînement à Desna. Elle a tout relu et c'était comme un saut vertigineux dans leur passé. Le tout début de leur longue histoire d'amour. Pavlo avait 18 ans. Ils venaient de sortir ensemble. Ils étaient follement amoureux. Et dans cette lettre le jeune Pavlo imagine le futur avec Viktoriya…

Я люблю Тебе, моє рідне Сонечко!

Лиш раз побачив я Тебе у сні
Й ніжно посміхнувсь до Тебе
Відтоді кожна ніч мені
Як Сонце ясне, світила Тоба

За руку ніжно я Тебе узяв
Привітно очі наші поєднались
І погляд Сонця мене окрилив
Й вуста коханням рясно наливались

Ероте, золота стріла твоя
Два серця вільних знову пронизала
Та перемогу присудили Сонцю я
Бо це кохання найсвітлішим стало

І ось звершилось — перший нетривкий
Але важкий, пекучий, вогнистий
Найкращий поцілунок впав п'янкий —
Аж дощ зітхнув в потоках променистих

Упав сухий листок — та придивись
Вже липа знов в цвіту й горить алея.
Сміється неба безкінечна вись
Співає Сонце пісню Земле

Проте той поцілунок обпіка
Ті очі рідні зазирають в душу
Знов голову кубоврить та рука
Тебе люблю зізнатись мушу

Ось таким от маленьким епіграфом я вирішив розпочати свій святковий лист. Це був гімн нам та нашому коханню. Сонечко, нам уже вісім місяців, всього лише місяць до дев'яти. Я навіть не можу словами висловити усе своє замилування Тобою, Твоєю красою, доб-

роками, навмісно. Я Тебе щиро вітаю з таким пам'ят-
ним днем. Нехай усе життя „я Тебе любити буду і
кохати вічно" у мирі й злагоді, і цей процес обов'язко-
во буде взаємний. Нехай ми з Тобою побачимо всі чуде-
са світу разом і разом випробуємо весь світ на міцність.
Без сумніву, тільки ми змінимо переможно. Я знаю, що
щастя завжди буде з нами, а наші вуста ніколи не на-
сищаться одні одними. Я люблю як Тебе, так і твоє
тіло та твою душу і так буде завжди. Я впевнений,
що Ти завжди відчуватимеш опору і підтримку в мені,
а я захисток і надійну опору в Тобі. Ми просто по-
винні вперто всім нам [illegible] ми — найкраща пара.
Цього ніхто ніколи не зможе заперечити, що б там не було.
Я люблю Тебе і ця любов нестиме нас на крилах через
усе життя. Вісім місяців — це лише частка премудрості до
нашого свята кохання, яке продовжуватиметься вічно.
Вітаю Тебе, [illegible], і нехай Бог береже нас обох.
Я думав, що цього листа ти отримаєш в день по приїзду
в Київ, тому я не дуже поспішав із його відправкою. Не
повіриш, але цей вірш я дописав три рази, так хотілось
виписати справжній почерк, а не некрасиві букви на па-
пері. В четвер, 5 липня, ми виїжджали пароходом на по-
лігон. Стріляли з автомата і кулемета. Я вразив одну
мішень з кулемета та три з автомата. Ще ми стріляти-
мемо з іншого кулемета, а [illegible] керуватимемо машиною.
Тому не хвилюйся, якщо [illegible] таке бачиш.
Більш докладно про все це я розкажу пізніше. Ще цікаво:
з наступного тижня потроху почнуться заліки і екзамени.
Кажуть, що ми звідси поїдемо десь числа 16-18. Це ми поба-
чимо. Я цього надзвичайно чекаю, аби зустріти своє Сонце.
До речі, коли ми поверталися з полігону, після сніданку від
кількох [illegible] злива потужна, яка намочила
ту нашу першу... Я роздягнувся і отримав море задово-
лення, мабуть, ще й загартовуватимусь. В ці
часи бажаю, Вірочко, Тобі на добраніч, де Ти зараз є.
Нехай присниться Тобі солодкий і приємний сон з нами удвох.
До побачення у наступному листі. Свій [illegible] коханий Твій
Павлик

7 juillet 2001

Je t'aime, mon cher petit Soleil
Je t'ai vu une fois, dans mon rêve
Et je t'ai souri.
Et depuis, chaque nuit,
Le Soleil brille et chante la chanson d'Hyménée.

Doucement, je t'ai pris par la main
Nos yeux se sont rencontrés et reconnus
Le regard de mon Soleil m'a recouvert
Et mes lèvres étaient inondées d'amour.

Éros, ta flèche dorée
A transpercé deux cœurs, encore
Mais cette victoire, je ne l'accorde qu'à toi, Soleil
Parce que cet amour est devenu si lumineux.

Et voilà, c'est arrivé – le tout premier, si fragile
Mais lourd et brûlant et intense
Ce baiser inspiré qui est survenu
Quand la pluie est arrivée, soupirant
    en ondées radieuses

Une feuille morte est tombée – mais regarde
de plus près
Le tilleul fleurit à nouveau et le lilas est en feu
Le ciel infini rit
Le Soleil chante la chanson d'Hyménée

Pourtant, ce baiser fut brûlant
Ces yeux ont observé mon âme
Cette main a caressé mon front
Je l'avoue : je t'aime.

Voilà comment j'ai décidé de commencer cette lettre de célébration, par ce petit poème. Un hymne à nous et à notre amour. Mon petit Soleil, nous avons déjà tous les deux huit mois, encore un mois avant de fêter notre anniversaire des neuf mois. Je ne peux pas exprimer en mots toute l'admiration que j'ai pour toi, ta beauté, ta gentillesse, ta tendresse. Je veux vraiment te féliciter pour notre anniversaire. « Je t'aime et je t'aimerai toujours », j'espère que toute notre vie, nous suivrons cette devise, en paix, en harmonie.

J'espère que toi et moi, nous découvrirons toutes les merveilles de ce monde, ensemble. J'en suis sûr !

Ce n'est qu'ensemble que nous vaincrons. Je sais que le bonheur sera toujours à nos côtés. Que nos bouches n'en auront jamais assez de se connaître l'une et l'autre. Je t'aime, toi entière, ton corps et ton âme, et je t'aimerai toujours.

Je suis certain qu'en moi, tu trouveras toujours soutien, écoute, et moi, en toi, la consolation et la douceur. Nous sommes déjà le couple le plus merveilleux qui soit. Personne ne pourra le nier. Mon amour pour toi me transportera sur ses ailes, à travers toute la vie. Huit mois ! Ce n'est qu'une fraction, que le prélude de cette célébration de l'amour qui va continuer pour toujours. Mes félicitations, Vitchenko, et que Dieu nous protège tous les deux.

Je pense que tu recevras cette lettre dès que tu arriveras à Kyiv, alors je ne me suis pas précipité pour l'envoyer. Je ne sais pas si tu me croiras, mais j'ai réfléchi à ce poème pendant trois jours ; je voulais exprimer mes vrais sentiments, et pas seulement écrire des mots sur un bout de papier.

À propos, ce jeudi, le 5 juillet, nous sommes partis pour le camp d'entraînement avec une espèce de train à vapeur. Nous avons tiré avec des fusils d'assaut et des mitrailleuses. J'ai atteint une fois la cible avec la mitrailleuse et trois fois avec le fusil d'assaut. Nous allons tirer avec des mitrailleuses gros calibre et nous allons aussi jeter des grenades, mais juste pour l'entraînement, ce sont des grenades à blanc. Je t'expliquerai tout ça plus tard, en détail. C'est vraiment intéressant.

La semaine prochaine, les tests et examens vont commencer. Ils disent que nous pourrons partir vers le 16 ou 18 juillet. On verra. J'attends patiemment de revoir mon Soleil !

Tu sais, quand nous sommes revenus de l'entraînement, la chaleur était écrasante et à la fin du chemin, une averse violente nous a surpris. Elle m'a rappelé notre première pluie…

Là, sous l'averse, je me suis déshabillé et c'était vraiment drôle, il y aura peut-être une photo.

Mais en attendant, je te souhaite une bonne nuit, Vitchenko, où que tu sois. J'espère que tu auras de doux et agréables rêves, avec nous deux, ensemble.

À bientôt, dans une prochaine lettre.

En t'aimant et en te célébrant,

Ton Pavlo

Mon amour,

C'est aujourd'hui la fête de l'Indépendance de l'Ukraine et je t'adresse toutes mes félicitations. Pour nous, il s'agit du trente-deuxième anniversaire de notre indépendance, et nous en sommes aussi à un an et demi pile, depuis l'invasion à grande échelle. Nous continuons à détruire les équipements de nos ennemis, et à Khreshchatyk, au centre de Kyiv, on expose tous ces chars et les autres engins détruits.

Quand j'ai rejoint l'armée, le printemps dernier, je ne pensais pas que ce serait si long. Que je me retrouverais embarqué, flottant sur cette interminable rivière, alors que tout, absolument tout changerait pendant cette période. Le pays. Et nous. Comme beaucoup d'engagés, je croyais naïvement que tout serait fini en 2023, surtout après notre contre-offensive victorieuse sur Kharkiv, à l'automne 2022. C'était un peu de la pensée magique, et je m'excuse de t'avoir fait attendre si longtemps. Tu es décidément une femme incroyable. Je suis fier de toi.

Nous avons traversé tant d'épreuves. Et d'autres nous attendent. Mais je sais que nous allons désormais partager ces joies et ces difficultés ensemble.

Car j'ai pris enfin la grande décision. Je vais démissionner de l'armée. Oui, tu as bien lu. J'ai fait mon choix. Je veux être avec ma famille, avec mes enfants et avec toi. Est-ce que la décision a été difficile à prendre ? Ces derniers mois, il n'y a pas eu un jour où je ne me suis pas demandé si j'en avais fait assez. Où ma présence est la plus nécessaire. Ce que je devrais faire pour être le plus utile. On m'a déjà demandé pourquoi j'étais allé à la guerre, alors que j'étais un père de quatre enfants, que je n'étais pas soumis à la mobilisation, et que la plupart des pères ont fait un autre choix. À l'époque, je disais que je faisais cela pour le futur de mes enfants. Maintenant, je réponds la même chose si on me demande pourquoi je quitte l'armée : pour le bien de mes enfants, pour leur futur.

J'ai besoin de réapprendre à connaître le plus petit Luka qui a 3 ans. Il a vécu la moitié de sa vie sans moi. J'ai envie de l'emmener à la petite section, de lui tenir la main, pour qu'il puisse sentir, fièrement, la grande main de son papa toute chaude dans la sienne. Je veux pouvoir expliquer moi-même à mes enfants ce que c'est l'indépendance, pourquoi elle est si importante, pourquoi ça vaut le coup de se battre pour elle. Je veux qu'ils entendent, de ma bouche, ce que ça signifie d'aimer son pays. J'espère que mon exemple et mes choix les inspireront. Mais surtout, j'espère que toi, *divtchynko*, tu seras heureuse de ma décision et que tu m'aimeras, avec encore plus de force qu'avant. Car je sais que rien ne sera plus comme avant. Je ne sais pas combien de fois je te l'ai dit dans nos lettres. De quoi demain sera-t-il fait? Déjà, je veux qu'il y ait de l'amour, encore plus fort, encore plus tendre. Après ces mois de guerre, l'amour m'a tant manqué, sur ma peau, dans mes cheveux; j'ai envie de ressentir ton amour, dans tes caresses, tes sourires. Je veux te donner mon amour.

Bien sûr, la guerre continue. Et la fatigue est là. Chez les soldats qui ont besoin d'être remplacés. Dans la société qui n'en peut plus de toutes ces épreuves qu'elle traverse.

Peut-être que nous ne sommes pas la meilleure génération de défenseurs, mais nous sommes prêts. Nous avons déjà payé un prix trop élevé pour nous replier maintenant. Je crois que pour le trente-troisième anniversaire de notre indépendance très symbolique, notre drapeau flottera partout dans l'Ukraine. C'est trop long encore, car chaque jour est trop long, trop dur, comme une coupe de douleur, trop amère et impossible à boire.

Je me souviendrai toujours de mes camarades tombés au combat. Ceux que je connaissais, ceux que je ne connaissais pas. Cela, je le ressens avec mon cœur, pas avec mon cerveau. Et je veux pouvoir retrouver celles et ceux qui feront ce voyage jusqu'au bout pour célébrer la vie ensemble avec eux.

En attendant, je veux t'embrasser tout entière. J'ai tellement hâte de vous revoir tous.

Je t'embrasse, ma joie. C'est une vraie fête de l'Indépendance pour nous. Que nous avons méritée dans la bataille.

À très bientôt, *divtchynko*,

Pavlo

Remerciements

Sophie de Sivry n'est plus parmi nous, mais c'est tout de suite à elle que j'ai pensé quand j'ai reçu les premières lettres de Pavlo et Viktoriya. C'est un livre qu'elle aurait aimé. Je pense à elle et la remercie. Alba Beccaria a accompagné ce projet avec enthousiasme et patience, alors que notre trio était souvent par monts et par vaux, toute ma gratitude à elle. Merci à Laurent Beccaria, à Quintin Leeds et à toute l'équipe de L'Iconoclaste.

Merci, bien sûr, à mon journal, *L'Obs*, pour son engagement et son soutien à notre travail sur le terrain. Je suis fière de travailler auprès de Cécile Prieur, directrice de la rédaction, Grégoire Leménager et Sylvain Courage, à la rédaction en chef, qui ont suivi et encouragé ces pérégrinations ukrainiennes, merci bien sûr à mes infatigables chefs de service, Ursula Gauthier et Nathalie Funès, à mes formidables collègues de ce service, tous mobilisés sur ce conflit, Céline, Marie, Sara, Timothée, Sarah H, Sarah D, Philippe, et aussi Vincent et Jean-Baptiste.

Merci à Jan Jurczak et Nadia Shevshenko, ainsi qu'à tous ceux et celles qui nous ont confié leurs mots.

Merci à ma famille.

Merci à Pavlo et Viktoriya pour cette aventure humaine si particulière.

Doan

Je tiens à remercier tous mes frères aux armes – ceux qui continuent à se battre, ceux qui sont blessés et tombés au combat, et ceux qui les remplacent. Je remercie tout particulièrement mes amis de l'unité d'entraînement de la 47e brigade mécanisée – Taras, Vadym, Artem, Andriy, Andriy « Gav », Sergiy – et tous les autres soldats qui ont choisi de défendre l'Ukraine.

Pavlo

Merci :

À mes parents Ivan et Liubov grâce à qui je suis ce que je suis maintenant.

À mes enfants Leontiy, Liubava, Laura et Luke qui rendent ma vie joyeuse et pleine de sens.

À toutes les personnes qui me soutiennent chaque fois que c'est nécessaire malgré la distance et le temps.

Aux Forces armées ukrainiennes qui se battent pour le pays où je peux retourner.

Viktoriya

L'exemplaire que vous tenez entre les mains
a été rendu possible grâce au travail de toute une équipe.

ÉDITION : Alba Beccaria et Sylvie Gracia
COUVERTURE ET CONCEPTION GRAPHIQUE : Quintin Leeds
RÉVISION : Éva Baladier, Léonie Carion et Isabelle Paccalet, avec Julie Mandart
MISE EN PAGE : Soft Office
PHOTOGRAVURE : Point 11
FABRICATION : Louise Clément
DIRECTION COMMERCIALE : Adèle Leproux
RELATIONS LIBRAIRES : Alexandra Profizi
PRESSE : Marie-Laure Walckenaer avec Lise Chaton
COMMUNICATION DIGITALE : Alice Huguet

RUE JACOB DIFFUSION : Élise Lacaze (direction), Katia Berry (grand Sud-Est), François-Marie Bironneau (Nord et Est), Charlotte Jeunesse (Paris et région parisienne), Christelle Guilleminot (grand Sud-Ouest), Laure Sagot (grand Ouest), Diane Maretheu (coordination), Charlotte Knibiehly (ventes directes) et Camille Saunier (librairies spécialisées)

DISTRIBUTION : Interforum

DROITS FRANCE ET JURIDIQUE : Marion Rowe et Geoffroy Fauchier-Magnan
DROITS ÉTRANGERS : Sophie Langlais
DROITS AUDIOVISUEL, THÉÂTRE, PODCAST : Geoffroy Fauchier-Magnan et Alba Beccaria
ACCUEIL ET LIBRAIRIE : Lucie Martino
ENVOIS AUX JOURNALISTES ET LIBRAIRES : Vidal Ruiz Martinez
COMPTABILITÉ ET DROITS D'AUTEUR : Christelle Lemonnier, Camille Breynaert et Christine Blaise
SERVICES GÉNÉRAUX : Isadora Monteiro Dos Reis

L'ensemble de cet ouvrage a été réalisé dans
le respect des règles environnementales en vigueur.
Il a été imprimé par un imprimeur certifié
Imprim'vert, sur du Lac 2000 PEFC pour l'intérieur
et une carte Metsäboard PEFC pour la couverture.

IMPRIM'VERT®

PEFC
10-31-2541
Promouvoir la gestion
durable de la forêt
www.pefc-france.org

En France, un livre a le même prix partout. C'est le « prix unique du livre » instauré par la loi de 1981 pour protéger le livre et la lecture. L'éditeur fixe librement ce prix et l'imprime sur le livre. Tous les commerçants sont obligés de le respecter. Que vous achetiez votre livre en librairie, dans une grande surface ou en ligne, vous le payez donc au même prix. Avec une carte de fidélité, vous pouvez bénéficier d'une réduction allant jusqu'à 5 % applicable uniquement en magasin (les commandes en ligne expédiées à domicile en sont exclues). Si vous payez moins cher, c'est que le livre est d'occasion.

Achevé d'imprimer sur les presses de l'imprimerie
Normandie Roto s.a.s., à Alençon (Orne) en janvier 2024
ISBN : 978-2-37880-421-3
Numéro d'impression : 2400150
Dépôt légal : Février 2024

Imprimé en France